Chère lectrice,

Avez-vous remarqué que, parfois, la vie — ou le destin, appelez cela comme vous voudrez — fait des pieds et des mains pour vous empoisonner ? Une tuile vous tombe dessus — Bing ! — et, débrouille-toi pour gérer ça ! Sur le moment, on râle et on en veut à la terre entière. Puis, petit à petit, bien obligée de trouver des solutions, on s'aperçoit avec plaisir qu'on est beaucoup plus maligne et forte qu'on ne le pensait. Dans 80% des cas, l'épisode se couronne même d'une très heureuse surprise et d'un happy end qu'on n'espérait pas.

Voilà, justement, le cas de figure qu'affrontent héros et héroïne de ce mois, très « Rouge passion ». Lucie se fait voler la vedette le jour de ses trente ans par une demi-sœur jalouse et capricieuse qui choisit de se marier précisément ce jour-là (*Juste une aventure ?* N° 1093). Nikki se trouve empêchée de toucher son héritage et de financer son centre d'accueil parce qu'elle est célibataire (*Un mariage si convenable...* N° 1095). Rachel, dont la vie est déjà très compliquée, voit débouler un inconnu embauché par sa mère, sans son avis, pour « l'aider », paraît-il... (*Une irrésistible promesse* N° 1098). Quant à notre Homme, dans un roman signé « Un bébé sur les bras », le voilà qui découvre dans le cockpit de son avion privé... un bébé vagissant (*Bébé à bord !* N° 1098)

Comment s'en sortiront-ils, tous, et chacun à sa manière ? A vous de le découvrir au fil de vos lectures !

Au fait... Naturellement, ce mois-ci, vous retrouverez votre « Suspense » (*Equipe de nuit* N° 1094) et un certain *Châteaux en Ecosse* N° 1097) qui devrait vous plaire,

A bientôt,

La responsable de collection

Bébé à bord !

GINA WILKINS

Bébé à bord !

COLLECTION ROUGE PASSION

*Cet ouvrage a été publié en langue anglaise
sous le titre :*
THE LITTLEST STOWAWAY

Traduction française de
MICHEL MAUSSIÈRE

*Toute représentation ou reproduction, par quelque procédé que ce soit, constitue-
rait une contrefaçon sanctionnée par les articles 425 et suivants du Code pénal.*
© 1999, Gina Wilkins. © 2001, Traduction française   Harlequin S.A.
83-85, boulevard Vincent-Auriol, 75013 Paris — Tél.   01 42 16 63 63
Service Lectrices — Tél   01 45 82 47 47
ISBN 2-280-11862-9 — ISSN 0993-443X

1.

— Lockhart, arrêtez ! J'ai deux mots à vous dire.

Steve Lockhart grimaça en reconnaissant la voix de Carla Jansen, et se contenta de rentrer la tête dans les épaules avant de poursuivre sa route. Si d'ordinaire il prenait plaisir à croiser le fer avec sa concurrente, il était trop pressé, en cette fin d'après-midi de septembre, pour jouer à ce petit jeu. Il allongea donc le pas vers son bureau, espérant, sans illusions, que la coriace jeune femme renoncerait à lui parler.

— Bon Dieu, Lockhart, ne faites pas la sourde oreille ! Je sais que vous m'entendez.

Steve l'aurait parié, la belle Mlle Jansen n'avait pas hésité à le poursuivre à travers le parking, pour le plus grand bonheur des employés qui, leur journée de travail terminée, rejoignaient leur voiture. En fait, les démêlés chroniques qui l'opposaient à la jeune femme n'étaient un secret pour personne sur cet aérodrome de l'Arkansas, et, à vrai dire, les spectacles auxquels ils donnaient parfois lieu étaient largement appréciés.

Steve atteignit l'entrée de Lockhart Air Service avec plusieurs longueurs d'avance et se dirigea vers son bureau sans ralentir le pas.

— Je ne suis là pour personne ! lança-t-il à son imperturbable assistante en s'engouffrant dans son domaine privé.

Au moment où il composait le numéro de son plus récent client — un grossiste en parfums extrêmement prometteur —, la voix indignée de Carla lui parvint à travers la porte close.

— Comment ça, « pas là » ? Je viens de le voir entrer !

Il pouffa de rire, mais décida de faire abstraction de tout ce qui ne concernait pas son entretien d'affaire.

Une demi-heure plus tard, Steve passa prudemment la tête hors de son bureau.

— Elle est partie ? demanda-t-il à la jeune femme brune qui était à la fois son bras droit et sa secrétaire particulière.

Madelyn leva les yeux de son travail et le contempla de l'air placide qu'elle arborait habituellement.

— On l'a appelée sur son portable. Elle est partie, mais elle a juré qu'elle reviendrait.

Steve eut un petit sourire appréciateur. Connaissant l'obstination de Carla, il ne doutait pas qu'elle viendrait le relancer dès qu'elle en aurait l'occasion. D'ailleurs, si elle ne le faisait pas, il trouverait bien une excuse pour aller la voir. Car, bien qu'elle fût sa concurrente en affaires, Mlle Lockhart exerçait sur Steve une étrange attirance dont il se promettait d'analyser la nature en temps utile.

Mais, pour l'instant, son travail le réclamait. Il écarta de ses pensées la séduisante Carla, non sans regrets, et franchit les quelques pas qui le séparaient du bureau de Madelyn.

— Des appels, pendant mon absence ?

La jeune femme repoussa la mèche qui lui barrait le front et passa en revue le tas de messages qui s'était accumulé sur son bureau avant de répondre :

— Oui, mais rien qui ne puisse attendre demain.

— Très bien. Je pars pour Memphis tout à l'heure pour aller vérifier l'état d'un Beechcraft qu'un type a mis en vente. S'il consent à baisser son prix de quelques milliers de dollars, notre flotte pourrait bien s'enrichir d'un appareil supplémentaire.

Il avait prononcé sa phrase avec un brin d'ironie, car la flotte en question se composait en tout et pour tout de deux avions.

— Ce serait parfait, approuva Madelyn. Mais ne va pas nous mettre sur la paille !

Steve fixa pensivement son assistante avec un rictus entendu. La situation financière de Lockhart Air Service, jeune compagnie de transport aérien, était encore précaire et Madelyn en tenait les comptes avec rigueur. D'ailleurs, il était conscient de ce qu'il devait à cette femme de trente ans, célibataire, qui ne lésinait pas sur les heures supplémentaires pour assurer la bonne marche de l'entreprise. Elle était plutôt petite, enveloppée, et avait les pieds sur terre, qualité primordiale dans une compagnie où le boss passait le plus clair de son temps dans les airs ! Steve savait aussi que Madelyn ne s'en laissait pas conter, quitte à passer aux yeux de certains pour quelqu'un de revêche. Pourtant, elle avait le cœur sur la main, ce qui, ajouté à sa compétence, à son intelligence et à son humour à froid, en faisait une collaboratrice hors pair.

— Est-ce que Bart est rentré ? demanda-t-il, faisant ainsi référence à un autre des collaborateurs qu'il s'était choisi.

Madelyn fronça le nez.

— Non. Il est encore avec Mme Hood.

Steve laissa échapper un grognement de compassion. En dépit de onze mois d'apprentissage, Barbara Hood était toujours une véritable terreur du ciel ! Il fallait avoir la patience d'un Bart pour persister à lui donner des cours de pilotage, quand tout semblait indiquer que ses pieds délicats n'étaient pas faits pour quitter le sol. Par bonheur, Mme Hood, qui adorait voler malgré les circonstances, consentait à payer le prix fort pour ses leçons, et l'argent qu'elle faisait gagner à l'entreprise permettrait peut-être l'achat d'un quatrième avion. Si toutefois Bart ne craquait pas avant d'avoir réussi à réunir la somme nécessaire !

Au moment où Steve allait se décider à partir, son regard tomba par hasard sur la corbeille à papier de Madelyn, dont le contenu débordait littéralement.

— Toujours pas de nouvelles de Janice ?

La jeune femme d'une vingtaine d'années qui faisait le ménage dans les bureaux ne s'était pas présentée depuis vendredi dernier. Et elle était enceinte de plus de huit mois...

— Aucune, répondit la secrétaire en perdant subitement sa sérénité. J'avoue que son silence m'inquiète beaucoup, d'autant qu'en six mois, elle ne nous a jamais fait faux bond et qu'elle a toujours pris la peine de nous avertir du moindre de ses retards.

— Je suis également très inquiet, admit Steve. Mais je ne sais plus où la chercher.

Quand il avait été clair que Janice serait encore absente lundi, ils avaient tenté de la contacter au numéro qui figurait dans son dossier d'embauche. Peine perdue : personne n'avait décroché — ou plutôt, la jeune femme n'avait pas décroché, puisque selon ses dires elle vivait seule et n'avait pas de famille.

Le jour suivant, Steve s'était carrément rendu au parc à caravanes où vivait son employée. Malheureusement, elle n'était pas chez elle — ainsi qu'il s'en était assuré en regardant par chacune des fenêtres. Le gérant du lieu lui avait affirmé qu'il ne l'avait pas croisée depuis plusieurs jours. Non pas qu'il la voyait beaucoup, avait commenté cet homme bedonnant, car, à peine arrivée, Janice s'enfermait dans sa caravane et n'en sortait plus que pour repartir travailler. A part ça, avait-il ajouté en se grattant nonchalamment le ventre, elle ne recevait pas de visite et payait son loyer dans les temps, conduite louable dont d'aucuns auraient été bien avisés de s'inspirer.

10

Les jours suivants n'avaient rien apporté de nouveau, sinon que Madelyn avait dû se charger de faire un minimum de ménage, en plus de ses activités, et que l'inquiétude de Steve n'avait cessé de croître.

— Vendredi ! grommela-t-il. Voilà une semaine qu'elle n'a pas donné signe de vie. J'aurais dû insister pour qu'elle nous laisse un numéro d'urgence... Tout de même, on ne me fera pas croire qu'il n'y a pas quelqu'un, quelque part, qui se soucie d'elle !

Avant que Madelyn ait pu répondre, une voix que Steve connaissait bien s'éleva dans son dos.

— Ah ! Vous voilà enfin. Je vous préviens, Lockhart, n'essayez pas de vous échapper de nouveau.

Il se retourna en grimaçant un sourire et se trouva face à Carla Jansen, dont la vue l'emplit, une nouvelle fois, d'un ravissement stupéfait. Elle était vêtue sobrement, selon son habitude, d'une divine robe fourreau bleu ciel qui moulait ses formes superbes. Encadré par la chevelure châtain clair qui dévalait en vagues épaisses jusqu'au milieu du dos, le visage en forme de cœur était gratifié de grands yeux bleus, sombres comme l'océan en furie, et de lèvres tendres et pulpeuses.

Les lèvres de Carla fascinaient Steve, au point qu'il avait développé pour elles une véritable obsession et qu'il s'impatientait chaque jour davantage de pouvoir les goûter. Cela étant, il ne la sentait pas prête à céder à l'attirance qui, pensait-il, couvait entre eux depuis leur première rencontre, et il se doutait qu'elle l'assommerait plutôt que de se laisser embrasser. Il se contentait donc de la garder dans ses pensées tout au long de la journée, mais aussi une bonne partie de la nuit puisque, depuis quelques mois, elle jouait un rôle central dans ses rêveries érotiques.

Steve s'arracha à contrecœur à sa contemplation pour revenir au sujet qui le préoccupait avant que la renversante Mlle Jansen ne fasse son apparition.

— Je suppose que vous n'avez pas de nouvelles de Janice ?

Sa question sembla prendre Carla au dépourvu.

— Janice ?

— Oui. La jeune femme qui fait le ménage dans vos bureaux, le soir, après l'avoir fait dans les miens. Vous voyez de qui je veux parler ?

Un éclair d'irritation traversa les yeux bleus.

— Evidemment ! Mais il me paraît manifeste qu'elle ne désire plus travailler pour nous.

Il haussa des sourcils étonnés.

— Pourquoi ? Elle vous a fait part de sa décision ?

— Non. Pas plus que la jeune femme qui occupait le poste avant elle.

— Oui, mais celle-là a eu des ennuis avec la justice pour avoir fait pousser du cannabis dans son jardin, lui rappela sèchement Steve. Pour ce qui est de Janice, Madelyn et moi craignons qu'il ne lui soit arrivé quelque chose. Rester sans appeler ne lui ressemble pas et on ne l'a pas vue chez elle de toute la semaine.

— Elle a dû rentrer dans sa famille ou rejoindre le père de son enfant, suggéra Carla. Je lui ai demandé, la semaine dernière, si elle ne devrait pas prendre un congé de maternité, mais elle m'a répondu que son médecin lui avait permis de travailler tant qu'elle se sentait en état de le faire. A l'évidence, conclut-elle en haussant les épaules, la fatigue a fini par l'emporter.

Steve lui jeta un regard perçant. Il savait qu'ils n'avaient pas la même façon de gérer leur personnel — Carla maintenait une distance avec ses employés que lui s'efforçait au contraire de combler — mais il n'aurait pas cru qu'elle soit tant insensible à leurs problèmes.

— Si je comprends bien, avança-t-il, le sort de Janice ne vous intéresse pas.

A ces mots, la jeune femme se raidit et son expression trahit soudain la compassion qu'elle avait dissimulée derrière un propos quelque peu brutal.

— Si vous voulez tout savoir, monsieur Lockhart, le sort de Janice me préoccupe depuis que j'ai découvert qu'elle avait vingt-deux ans, qu'elle ne connaissait personne et, surtout, qu'elle était célibataire et enceinte. Cela dit, chaque fois que j'ai voulu l'aider, elle m'a fait comprendre que je n'avais pas à me mêler de ses affaires. Il me paraît clair qu'elle nous a adressé le même message en disparaissant à l'improviste.

Carla poussa un bref soupir avant de reprendre :

— Pour ma part — et bien que cela ne me plaise pas —, j'embaucherai une nouvelle femme de ménage dès lundi et vous feriez bien de suivre mon exemple.

— Janice ne serait jamais partie de son plein gré sans nous prévenir, s'entêta à affirmer Madelyn.

— Quoi qu'il en soit, rétorqua Carla, il faut bien que quelqu'un s'occupe de vider nos corbeilles à papier et de nettoyer nos toilettes. Nous ne pouvons laisser les choses en l'état dans l'espoir d'un hypothétique retour de Janice.

Steve contempla la jeune femme d'un œil alarmé. Tout en parlant, elle avait en effet passé une main dans ses cheveux, d'un geste qui dévoilait une profonde fatigue. Cela ne l'étonnait d'ailleurs pas : il connaissait les efforts que Carla déployait pour diriger la compagnie dont elle avait hérité et pour faire en sorte que la compagnie concurrente, Lockhart Air Service, ne grignote que le strict minimum de son chiffre d'affaires. Mais le jour où il lui avait conseillé de prendre un peu de repos, elle avait refusé de croire qu'il s'inquiétait pour sa santé. Au contraire, elle avait ricané en l'accusant de vouloir l'éloigner pour mieux lui voler ses clients !

Oui, pensa-t-il avec admiration : cette femme fougueuse et entêtée — et même un brin paranoïaque en ce qui le concernait — ne voulait pas lui céder le moindre pouce de terrain ! Cela ne l'empêchait pas, bien sûr, d'être fou d'elle.

En attendant de le lui faire savoir d'une façon ou d'une

autre, se dit-il en jetant un coup d'œil à sa montre, il avait un rendez-vous à honorer.

— Je dois y aller, Madelyn, il est bientôt 6 heures. Si Janice appelle avant que tu partes, dis-lui qu'elle n'hésite pas à me joindre si elle a besoin de quoi que ce soit. Carla, c'est un plaisir toujours renouvelé de vous admirer. A lundi.

La jeune femme ouvrit de grands yeux et se plaça en travers de la porte.

— Attendez un peu, Lockhart, je n'en ai pas fini avec vous ! Je tiens à vous parler de... Lockhart, nom d'un chien, je n'en crois pas mes yeux ! Vous essayez encore de me fausser compagnie.

Steve avait déjà atteint la porte de service qui s'ouvrait sur les pistes de l'aérodrome. Main sur la poignée, il se retourna vers Carla.

— Désolé, chérie, mais je m'envole à l'instant pour Memphis. Un rendez-vous qui ne peut attendre.

Elle le rattrapa alors qu'il sortait dans la chaleur déclinante de cette fin d'après-midi. et Steve se félicita d'avoir laissé l'avion dans un hangar où les ventilateurs tournaient à plein régime.

La jeune femme le saisit soudain par le bras.

— Pourquoi m'ignorez-vous de la sorte ? Je déteste ça !

Il lui décocha un large sourire tout en lui tapotant la main.

— Je sais, Carla chérie. Mais, au moins, cela vous donne un bon prétexte pour me courir après !

Elle retira vivement sa main et le foudroya du regard.

— Vous rêvez, mon pauvre ami !

— De vous ? Fréquemment, oui.

Carla le considéra un instant d'un air indécis, comme elle le faisait habituellement quand il faisait allusion à l'attirance qu'il éprouvait pour elle. Steve se plaisait à croire que la jeune femme n'était pas, elle non plus,

14

insensible à son charme, même si à ce jour elle ne s'était jamais laissée aller à le lui montrer.

Sa belle concurrente secoua finalement la tête. Elle venait de conclure, à coup sûr, qu'il était encore en train de se moquer d'elle.

— J'exige que vous me disiez par quels moyens vous avez réussi à me voler Georges McNalley, intima-t-elle. Ce gars-là était un de mes plus fidèles clients et j'apprends aujourd'hui que c'est vous qui transporterez désormais sa marchandise. Que lui avez-vous promis pour qu'il passe chez vous du jour au lendemain ?

Steve venait d'entrer dans le hangar, Carla sur les talons. Il s'approcha de son avion et en caressa amoureusement la carlingue. Dieu qu'il allait être bon de se retrouver seul dans les nuages !

— Je lui ai promis un service de qualité à un prix imbattable, répondit-il à la jeune femme.

— Mais il a déjà ça chez moi ! s'indigna-t-elle.

— Carla, vous devez regarder la vérité en face : je suis moins cher que vous. De plus, ajouta-t-il d'un air suffisant, McNalley m'adore.

Un juron s'échappa des lèvres pulpeuses.

— Vous lui avez fait quoi, Lockhart ? Le coup du macho complice ? Une bourrade dans les côtes pour se moquer gentiment de ces femmes qui s'imaginent pouvoir mener une compagnie de transport aérien ? Si je ne m'abuse, McNalley était justement un de ceux qui mettaient en doute mes capacités à reprendre J.C.S., à la mort de mon père. C'est ça, hein ? Vous...

Steve ouvrit la portière de l'avion avec un soupir découragé.

— Arrêtez, je vous en prie ! Je pense réellement que vous êtes tout à fait à votre place à la tête de Jansen Charter Service. D'ailleurs, vous n'avez cessé de le prouver depuis plus d'un an. Vous êtes une concurrente impitoyable, mais moi aussi, et le fait que vous soyez une femme n'a aucune incidence en la matière. Ne croyez pas que je vais vous sous-estimer, ni que je vais vous faire de cadeaux, parce que vos yeux me rendent fous. Je vous apprécie à votre juste valeur, et je continuerai à vous tailler des croupières. Et si cela ne vous plaît pas, eh bien changez de métier !

Le regard qu'elle lui jeta lui fit courir un frisson dans le dos.

— Je vous écraserai, Lockhart ! marmonna-t-elle.

— Vous pouvez toujours l'espérer. Mais je vous ferai remarquer, d'une part, qu'au bout d'un an vous n'avez pas réussi à m'anéantir, d'autre part, que je n'ai pas l'intention de me laisser faire. A présent, si vous voulez bien m'excuser, je...

La voix de Steve s'éteignit subitement. En se tournant vers le poste de pilotage, il venait de s'apercevoir que quelqu'un était assis dans le fauteuil !

— Ne croyez pas que vous allez...

La voix de Carla mourut à son tour. Elle s'était avancée à la suite de Steve et resta un instant interdite.

— Que... qu'est-ce que c'est que ça ? murmura-t-elle enfin.

— J'ai bien l'impression qu'il s'agit d'un... bébé, répondit-il gauchement.

Steve observa sans y croire le minuscule occupant du siège pour bébé installé dans le fauteuil du pilote. Yeux fermés, immobile, on aurait pu le prendre pour un poupon. Brusquement, il bougea et fit un drôle de bruit avec la bouche.

— Mon Dieu, Steve ! s'extasia Carla à voix basse. C'est un bébé !

Il lui jeta un regard exaspéré.

— C'est ce que je viens de dire !

— Mais... il n'a pas plus de quelques jours ! Qui a bien pu le déposer ici ?

D'un même mouvement, ils fouillèrent le hangar des

16

yeux, mais en vain. La personne qui avait amené le bébé, supputa Steve, avait dû le faire juste après le départ des employés pour ne pas être vue.

Le petit être se remit à bouger dans son sommeil, ouvrant et refermant ses menottes comme si quelque chose l'indisposait. Steve pensa d'abord à la chaleur, mais, sous les sangles qui le maintenaient, le bébé n'était vêtu que d'un T-shirt et d'une couche...

— Dites-moi, s'enquit soudain la jeune femme d'un ton soupçonneux, est-ce que, par hasard, vous ne saviez pas ce qui vous attendait dans cet avion ? Cela explique-rait pourquoi vous étiez si pressé !

Il la fixa, bouche bée, se demandant si elle était sérieuse.

— Non, je ne m'attendais pas à trouver un bébé dans ce fauteuil. Vous avez d'autres questions du même style ?

— Mais alors... quelqu'un l'a peut-être abandonné purement et simplement !

— Dans mon avion ? Vous voulez rire !

Incrédule, Steve refit le tour du hangar du regard. Personne. S'il s'agissait d'une plaisanterie, il la trouvait plu-tôt saumâtre et son auteur, quand il le découvrirait, n'aurait qu'à bien se tenir !

— Nous devrions l'emmener dans votre bureau, sug-géra alors Carla. Il fait trop chaud, ici.

— Dans mon bureau ?

— Oui, il est plus proche que le mien. Nous en pro-fiterons pour appeler la police.

— La police ?

— Mais enfin, arrêtez de répéter tout ce que je dis ! s'énerva Carla. Est-ce que prévenir la police vous pose un problème ? C'est pourtant ce qu'on est censé faire lorsqu'on découvre un bébé dans son avion. Pour ce que nous en savons, ce bout de chou a besoin de soins médi-caux, et nous sommes les seuls à pouvoir faire en sorte qu'il les reçoive rapidement.

Steve scruta de nouveau le bébé en se demandant pourquoi l'idée de le confier à la police l'enchantait si peu. Ceci étant, la jeune femme avait raison : si l'enfant avait vraiment été abandonné — mais pourquoi ici, grands dieux ? — la seule option raisonnable était de le déclarer aux autorités.

— Très bien ! concéda-t-il. Mais c'est vous qui le portez.

— Moi ? Certainement pas ! déclara Carla en croisant fermement les bras. Je pourrais le lâcher, ou je ne sais quoi d'autre. De toute façon, c'est votre avion. C'est à vous de le porter.

Il la gratifia d'un regard méprisant. Ainsi, la redoutable Mlle Jansen reculait devant un bébé ! Puis, se sentant acculé, il saisit les sangles du siège en plastique moulé et entreprit de le soulever avec précaution. A sa grande surprise, il y parvint sans effort. Le petit bonhomme ne devait pas peser plus de trois kilos.

Au moment où il ressortait de l'avion, un bout de papier s'échappa du siège. Carla le ramassa aussitôt et lut les quelques mots qui y étaient inscrits, sous le regard impatient de Steve.

— Alors, qu'y a-t-il d'écrit ?

— « Je vous en supplie, prenez soin d'Audrey. »

La jeune femme releva les yeux, l'air atterrée.

— C'est tout ! Le message n'est même pas signé.

Audrey ! pensa Steve. Il ne s'agissait donc pas d'un petit bonhomme ! Il tourna le siège pour mieux voir le visage congestionné de l'enfant et il lui sembla, en effet, distinguer des traits féminins.

— Bonjour, Audrey, murmura-t-il.

Il releva la tête pour se rendre compte que Carla le dévisageait d'un air sombre.

— Il s'agit bien d'un abandon ! déplora-t-elle, comme si la réalité de la chose lui apparaissait enfin pleinement.

Steve déglutit péniblement.

— Rentrons, la pressa-t-il.

Quand ils atteignirent les locaux de Lockhart Air Service, Madelyn était encore à son bureau, en grande conversation avec un homme à l'impressionnante carrure, roux de barbe et de cheveux, et dont la chemise rose avait tout d'une provocation. Un jean déchiré et des mocassins vert pomme n'amélioraient en rien son élégance. A la vue du géant, Carla secoua la tête en signe de désapprobation muette, comme chaque fois qu'elle croisait Bart Smith, pilote et moniteur de vol à L.A.S. Ses propres pilotes portaient une chemisette kaki impeccablement repassée brodée du logo J.C.S., car — à l'instar de son défunt père — elle accordait une grande importance à l'apparence de ses salariés. Pourtant, pensa la jeune femme avec un frisson de panique, malgré le soin qu'elle apportait à ce genre de détails, elle perdait aujourd'hui du terrain face à L.A.S. A force de travail, elle était presque parvenue à redresser la situation financière de J.C.S. mise à mal par les décisions ruineuses que son père avait prises sous l'influence d'une maladie diagnostiquée tardivement. Cependant, alors qu'elle commençait à voir le bout du tunnel, ses maigres profits subissaient le contrecoup de la politique commerciale agressive de Steve Lockhart.

Carla jeta un regard assassin sur son concurrent. Georges McNalley, se promit-elle, serait le dernier client qu'il lui aurait volé. Elle allait montrer à la face du monde que son père — et d'autres avec lui — avait eu tort de prédire qu'elle ne parviendrait jamais à redresser la barre. Quoi qu'il lui en coûte, elle sauverait l'entreprise créée par son grand-père cinquante ans auparavant.

Une voix de basse tira la jeune femme de sa réflexion.

— Encore là, Steve ? Tu étais censé... Mais... c'est quoi, ça ?

Les yeux verts de Bart venaient de s'écarquiller en découvrant ce que charriait son patron.

— C'est un bébé, répondit Madelyn d'un air à peine étonné.

— Bravo, Madelyn ! railla Steve. Voila qui fait honneur à ton sens de l'observation.

Il installa prudemment le siège sur le bureau de son assistante.

— Alors, commenta Bart avec un sourire grivois, toi et Carla vous êtes enfin décidés à conclure ?

La jeune femme se raidit.

— Vous n'êtes pas drôle, Bart. Quelqu'un a abandonné ce pauvre bébé dans l'avion de Steve.

Le sourire du pilote s'effaça brusquement.

— Abandonné ? Vous êtes sérieuse ?

— Elle est on ne peut plus sérieuse, répondit Steve, dont les yeux noirs se posèrent fugitivement sur sa voisine. J'ai découvert ce bébé dans le fauteuil de pilotage et il n'y avait personne d'autre dans le hangar. Carla, montrez-leur donc le message que nous avons trouvé.

La jeune femme posa le bout de papier sur le bureau et Bart se pencha au-dessus de Madelyn pour pouvoir lire les mots qui y étaient inscrits.

— Sacré nom d'une pipe ! s'exclama-t-il en se redressant. Et que comptez-vous faire, à présent ?

Voyant que Steve hésitait, Carla décida de répondre.

— Nous allons prévenir la police, évidemment.

— Non !

Trois paires d'yeux surpris se tournèrent vers Madelyn.

— Que voulez-vous dire ? demanda Carla. Il est criminel d'abandonner un bébé et nous sommes tenus de prévenir la police. Je ne vois pas ce que nous pourrions faire d'autre. D'ailleurs, cette petite Audrey a besoin qu'on s'occupe d'elle. Nous ignorons tout de son état de santé, et nous ne savons même pas comment elle doit être nourrie.

En prononçant ces mots, la jeune femme sentit une sourde inquiétude l'envahir. Subitement, le sommeil de la toute petite fille ne lui paraissait pas naturel. Etait-il bien normal, en effet, qu'elle continue à dormir malgré tout le bruit environnant? Elle observa les trois adultes qui l'entouraient. Regards fixés sur le bébé, ils semblaient frappés de paralysie. Il était temps que quelqu'un se décide à agir et, à l'évidence, elle était la seule suffisamment responsable pour le faire. Sans plus hésiter, elle posa la main sur le téléphone placé devant elle, sur le bureau.

La main de Madelyn l'empêcha de décrocher.

— Attendez, je vous en prie.

— Madelyn! Nous ne pouvons nous permettre d'attendre plus longtemps.

A ce moment-là, comme si elle prenait enfin conscience de l'agitation ambiante, Audrey ouvrit les yeux, poussa un petit cri et commença à gesticuler sur son siège. Puis, elle se mit à vagir avec une intensité surprenante pour de si petits poumons.

Manifestement désemparé, Steve reprit le siège et entreprit de le bercer en fredonnant une mélodie enfantine. L'enfant ne se calma pas pour autant.

— Tu devrais la prendre dans les bras, suggéra alors Bart. C'est ce que fait ma sœur en pareil cas.

Le jeune homme se tourna vers son assistante.

— Euh... Madelyn?

— Oh non, Steve, je te remercie! J'aurais trop peur de lui faire mal.

Il s'adressa alors à Carla.

— Je présume que vous...

— Non, non! Prenez-la vous-même, le coupa-t-elle, terrifiée à l'idée d'avoir à tenir ce petit être qui se tortillait en hurlant. Elle a sans doute faim.

Avec un lourd soupir, Steve s'avoua vaincu. Il défit les sangles du siège, glissa les mains sous la nuque et les fesses du bébé et le souleva avec mille précautions. En le regardant faire, Carla se sentit inexplicablement émue et se dit qu'il y avait sans doute quelque chose de touchant dans le fait de voir ce bout de chou sans défense dans les bras d'un homme aussi puissamment bâti. Surtout quand cet homme possédait la beauté virile et le sex-appeal de Steve Lockhart, qualités dont Carla, ainsi qu'elle se l'avoua à contrecœur, était consciente depuis le premier jour.

Embarrassée par le tour que prenaient ses pensées, la jeune femme se força à revenir sur terre. Elle tourna son attention vers Madelyn et s'adressa à elle en forçant un peu la voix pour couvrir les vagissements du bébé.

— Pourquoi m'empêchez-vous d'appeler la police? Vous devez bien vous rendre compte qu'il n'y a pas d'autre option.

Madelyn se fendit d'un sourire sans joie.

— Il pourrait s'agir du bébé de Janice, n'est-ce pas? Peut-être nous l'a-t-elle confié parce qu'elle ne pouvait faire autrement.

2.

« Le bébé de Janice ? Quelle drôle d'idée ! », pensa Carla. Elle jeta un coup d'œil à Steve, qui persistait à bercer Audrey malgré le peu de résultat obtenu, et constata que lui n'avait pas l'air surpris par cette hypothèse. Peut-être l'avait-il aussi envisagée ?

— Mais, euh..., hésita-t-elle, Janice ne devait pas accoucher avant deux semaines, n'est-ce pas ?

— C'est exact, répondit Bart. Mais le bébé est un poids plume. A ton avis, Steve, il pèse combien ? Trois kilos ?

— Au maximum, oui.

— Bien. Supposons donc qu'il soit avant terme d'une semaine. Comme ce bébé n'a pas l'air d'avoir plus de quelques jours, il pourrait fort bien être celui de Janice.

Le raisonnement de Bart n'avait pas convaincu Carla.

— Mais pourquoi aurait-elle abandonné son bébé dans l'avion de Steve ? Tout cela n'a pas de sens.

— Je suis sûre qu'elle a des ennuis, murmura Madelyn.

— Si Janice est bien la mère, renchérit Steve en désignant le message du menton, la raison pour laquelle elle nous a laissé son bébé est évidente : elle est dans le pétrin et elle nous fait confiance pour l'aider.

Bart acquiesça d'un air sombre.

— Je serais surpris qu'elle ait agi de gaieté de cœur.

Carla dévisagea ses compagnons d'un œil incrédule. On aurait dit qu'ils s'étaient mis d'accord sur un scénario !

Comme s'il avait lu dans ses pensées, Steve choisit cet instant pour s'adresser à elle.

— Vous devez bien admettre que Janice est certainement là-dessous.

Carla réfléchit un instant. Tout bien pesé, cette hypothèse était la plus vraisemblable. Mais cela ne changeait rien à la situation.

— Quoi qu'il en soit, déclara-t-elle en haussant les épaules, nous devons prévenir la police.

— Comment? s'exclama Bart d'un air horrifié. Vous n'hésiteriez pas à livrer Janice aux flics?

Carla eut un soupir découragé. Ne voyait-il pas qu'elle se souciait avant tout du sort du bébé? Quant à sa maman potentielle...

— Bart, insista-t-elle, si Janice est en danger — ainsi que vous semblez le croire — elle a besoin d'une aide efficace.

— Justement, intervint Madelyn, la police ne l'aidera pas. Elle sera arrêtée pour avoir mis en danger la vie d'un mineur, et on lui enlèvera son enfant.

— Mais qui vous dit qu'elle en veut, de ce bébé?

— Dans le cas contraire, Janice n'aurait pas demandé à Steve d'en prendre soin; elle l'aurait abandonné dans un endroit quelconque. Je suis sûre qu'elle reviendra le chercher dès qu'elle le pourra.

Visiblement lassé de la conversation, Bart se dirigea brusquement vers la porte.

— Je vais jeter un coup d'œil dans le hangar. On ne sait jamais, je découvrirai peut-être un indice qui prouvera l'identité de ce bébé.

Carla le regarda sortir, poings sur les hanches. Elle se tourna ensuite vers Steve, qui s'efforçait toujours, mais en vain, de calmer Audrey.

— Steve, dites-moi que vous, au moins, êtes d'accord pour signaler notre découverte?

Une moue déforma pendant un bref instant la virile harmonie de son visage.

— Je ne sais pas, Carla. Si cette petite chose appartient réellement à Janice, il semble qu'elle nous l'ait confiée jusqu'à son retour.

La jeune femme n'en crut pas ses oreilles. Etaient-ils tous devenus fous ?

— Mais enfin, il s'agit d'un bébé, pas d'un chaton qu'elle vous aurait laissé pour la durée de ses congés ! Et si elle ne revient pas demain, combien de temps attendrez-vous pour alerter les autorités compétentes ? Un an ? Dix ans ?

— Je trouve votre insistance un peu lourde, Carla. Seriez-vous réellement prête à dénoncer Janice et à laisser les services sociaux emmener Audrey ?

S'il voulait la faire passer pour un monstre, il ne s'y prendrait pas autrement ! Pourtant, pensa la jeune femme, attristée, le simple fait de vouloir respecter la loi ne signifiait pas qu'elle était dépourvue de compassion. Avec un effort d'imagination, elle pouvait même comprendre qu'une mère désespérée aille jusqu'à abandonner son enfant. Seulement, il ne fallait pas lui demander d'approuver cet acte, ni de le tenir secret ! Quelqu'un, dans cette pièce, devait garder les pieds sur terre et faire preuve d'initiative. Et, pour ne pas changer, la candidate toute désignée, c'était elle !

— Cela ne me réjouit pas plus que vous, répondit-elle enfin, mais je ne vois pas d'autre issue à ce problème.

Steve parut hésiter un instant puis, sans que rien ne l'eût laissé prévoir, plaça soudain la minuscule fillette dans les bras de la jeune femme.

— D'accord. Mais c'est vous qui allez la livrer. Moi, je n'en aurais pas le courage.

Sous les regards attentifs — et combien pesants ! — du jeune homme et de Madelyn, Carla examina le petit être qui gigotait en pleurant contre sa poitrine. A peine Audrey eût-elle regardé la jeune femme qu'elle cessa de pleurer. Ses mouvements désordonnés se calmèrent et elle se pelotonna contre la jeune femme comme si elle avait enfin trouvé le giron rassurant qu'elle cherchait. Le souffle coupé par l'émotion, Carla sentit fondre son cœur.

Son attendrissement n'avait manifestement pas échappé à son diable de concurrent.

— Laissez-moi le week-end pour trouver Janice, plaidat-il. S'il n'y a rien de nouveau d'ici à lundi, je vous promets de prévenir moi-même la police.

— Je suis de tout cœur avec toi, Steve, approuva Madelyn.

— Moi aussi, déclara Bart en rentrant dans le bureau.

Il arbora fièrement le sac en plastique qu'il tenait à la main.

— Regardez ce que j'ai découvert dans l'avion. Des biberons, du lait en poudre et des couches pour la petite demoiselle !

— Alors, Carla, insista Steve. Quel est votre verdict ?

L'indécision rongeait la jeune femme. Elle s'était toujours fait un devoir d'agir selon les règles, et sa conscience ne cessait de lui rappeler ce qu'elle était censée faire en pareille situation. Mais, d'un autre côté, la dernière image de Janice qu'elle avait à la mémoire — enceinte et... seule — ne manquait pas de la troubler.

Dans ses bras, Audrey changea soudain de position en poussant de drôles de gémissements qui avaient l'air de supplications. Carla soupira lourdement et résolut, pour une fois, de laisser parler son cœur.

— Bon, d'accord. Espérons que Janice profitera du week-end pour revenir à plus de bon sens. En tout cas, si elle ne se manifeste pas d'ici là, nous devrons prévenir la police dès lundi matin.

Steve se contenta de hocher la tête, visiblement très satisfait de sa décision. Les yeux brillants, il la fixait avec une telle intensité qu'elle détourna le regard en rougissant légèrement. En fait, Carla n'avait jamais su comment réagir aux taquineries et au comportement perpétuellement séducteur du jeune homme. Elle ignorait si l'attirance qu'il prétendait avoir pour elle était réelle, ou s'il prenait plaisir à se moquer d'elle tout en lui volant ses clients. Mais d'une façon ou d'une autre, se reprit-elle, elle ne pouvait se permettre de lui faire confiance. La survie de J.C.S. et de ses employés dépendait de son attitude vis-à-vis de ce mâle dangereusement charmant. Elle devait coûte que coûte rester lucide en sa présence.

Une fois la décision prise de garder Audrey, les quatre adultes convinrent qu'il s'agissait à présent de la nourrir. Le petit être s'était mis, en effet, à téter frénétiquement son poing en accompagnant son manège de bruits de succion. Le message ne pouvait pas être plus clair. Steve sortit donc du sac la boîte de lait maternisé, l'ouvrit et fit une grimace : la poudre gris beige ne lui paraissait guère appétissante.

— Vous êtes sûrs que les bébés se contentent de ça ? demanda-t-il d'un air sceptique.

Carla lui remit Audrey dans les bras sans plus de manière et s'empara de la boîte en aluminium.

— Il suffit de lire le mode d'emploi, affirma-t-elle en retrouvant son efficacité coutumière. Voyons... Il nous faut de l'eau stérilisée...

— Il y a une bouteille d'eau minérale non entamée dans le coin-cuisine, intervint Madelyn. Il y a aussi un four à micro-ondes pour faire tiédir le lait.

— Parfait, opina Carla. Je vais préparer un biberon. Pendant ce temps, quelqu'un ferait bien de changer le bébé.

Steve déglutit péniblement et jeta un regard suppliant à Bart. Le géant recula d'un pas en agitant frénétiquement les mains en signe de refus.

— Pas question ! Je suis peut-être costaud, mais cette petite chose me fait peur.

Les deux hommes se tournèrent alors vers Madelyn.

— Je suis fille unique, s'empressa-t-elle d'objecter. Je n'ai jamais changé de couche de ma vie !

— Moi, admit Steve, il m'est bien arrivé de changer mon petit frère mais je n'avais que douze ans ! J'ai complètement oublié la technique.

— C'est quand même à toi de le faire, assura Bart d'un ton soulagé. Ton expérience commence à dater, mais au moins tu en as une.

Steve chercha désespérément une excuse pour échapper au sort qui l'attendait.

— Mais... mais c'est une fille ! finit-il par bredouiller.

Une lueur amusée apparut dans le regard de son assistante.

— Eh bien, Bart et moi veillerons à ce que tout se passe convenablement.

Le jeune homme capitula avec un soupir d'impuissance. Il pria Madelyn de disposer une couche propre sur le bureau qu'elle avait déjà débarrassé des objets qui l'encombraient, puis se jeta à l'eau sans plus attendre.

Ce fut une expérience terrifiante. Audrey pleurait, vagissait et se débattait. Elle paraissait si fragile que Steve ne put s'empêcher de trembler légèrement pendant son épreuve. Il la changea aussi vite que possible, en regrettant de n'avoir ni coton ni talc à sa disposition.

— On dirait que Janice avait le feu aux trousses, déplora-t-il. Elle n'a même pas laissé de vêtements dans le sac !

Carla réapparut à cet instant, biberon à la main.

— J'espère qu'il n'est pas trop froid. Je l'ai fait à peine tiédir.

— Je suis sûr que ce sera parfait, répondit Steve. Installez-vous donc dans le fauteuil de Madelyn. C'est là que vous serez le mieux.

— Mais... croyez-vous que ce soit à moi de nourrir le bébé ?

— Pourquoi pas ? Je l'ai bien changé, moi !

Carla haussa les épaules d'un air résigné et alla s'asseoir dans le confortable fauteuil de la secrétaire, où Steve lui donna le bébé. Un instant, il sembla qu'Audrey allait refuser la tétine en caoutchouc que lui proposait la jeune femme, et les trois spectateurs retinrent leur souffle. Enfin, elle consentit à s'en emparer et se mit à téter goulûment.

Soulagé, Steve se passa la main dans les cheveux en soufflant.

— Bien. Je crois que je vais annuler ce rendez-vous à Memphis. Bart, peux-tu t'arrêter chez Janice en rentrant chez toi et vérifier qu'elle est toujours absente ?

— Sans problème, boss.

— Madelyn, tu ferais mieux de rentrer, toi aussi. Je sais que tu dois t'occuper de ta mère.

Regard fixé sur le bébé, Madelyn hésita.

— Que vas-tu faire d'Audrey ?

— Ne t'inquiète pas, je saurai en prendre soin.

D'une manière ou d'une autre, se dit-il avec un brin d'angoisse, il serait bien obligé d'assurer les rudiments du métier de père. Il le ferait pour Janice, en espérant qu'elle ne tarderait pas à donner de ses nouvelles et, surtout, qu'elle ne recommencerait plus jamais ce genre de plaisanterie !

Après le départ de ses deux collaborateurs, le jeune homme retourna son attention vers Carla, qui observait le bébé avec une fascination évidente. La façon qu'elle avait de regarder Audrey lui tira un sourire attendri et il se demanda combien de temps il pourrait encore résister à l'envie de la prendre dans ses bras.

Soucieux de dissiper l'intimité embarrassante du moment, il s'éclaircit la voix.

— Il me semble qu'elle doit faire son rot, suggéra-t-il. Euh... si elle boit tout le biberon sans faire son rot, elle risque d'avoir des coliques ou, euh... quelque chose d'autre.

Carla leva les yeux en réprimant visiblement un sourire.

— Vous n'y connaissez pas grand-chose en matière de bébé, n'est-ce pas, Lockhart ?

— Non. Et vous ?

La jeune femme fit la moue.

— Encore moins que vous, je suppose.

Elle retira doucement le biberon de la bouche d'Audrey, le posa sur le bureau, puis installa le nouveau-né contre son épaule et entreprit de lui tapoter le dos. Au bout de quelques secondes, le rot espéré se fit bruyamment entendre, accompagné d'un peu de lait qui coula sur le bras de Carla.

— Beurk ! s'exclama-t-elle.

Avec une grimace compatissante, Steve se précipita vers les toilettes.

— Je vais chercher des serviettes en papier ! lança-t-il.

Lorsqu'il revint, le bébé avait repris sa tétée. Dans la mesure où les mains de la jeune femme étaient prises, Steve lui essuya le bras et, juste parce qu'il aimait la toucher, s'appliqua à le faire un peu plus que nécessaire. Mais quand il s'approcha de la courbe du sein, elle lui décocha un regard si menaçant qu'il retira aussitôt sa main et jeta la serviette dans la corbeille. Ensuite, il resta accroupi près de la jeune femme, simplement heureux de sa présence à ses côtés, dans ce rôle de maman tout à fait inédit.

Après quelques minutes, Carla rompit le silence en lui lançant un regard inquiet.

— Steve, que sommes-nous en train de faire ?

Les lèvres douces et pulpeuses, tentatrices en diable, n'étaient séparées des siennes que par une infime distance. Lorsqu'elle les mordilla sous le coup de l'anxiété, la bouche de Steve s'assécha brusquement. Il dut faire un effort pour lui répondre.

— Nous essayons d'aider une amie.

— Je ne suis pas sûre que nous ayons fait le bon choix. Après tout, Janice a abandonné Audrey dans votre avion, à la merci du moindre incident. C'est un acte pour le moins irréfléchi de la part d'une mère.

— C'est vrai, les apparences ne plaident pas en sa faveur. Mais j'ai le sentiment que Janice est restée cachée dans les parages jusqu'à ce que nous découvrions le bébé. Quant à la raison de son acte... nous la connaîtrons tôt ou tard.

— Mais si elle ne donne pas signe de vie au cours du week-end ?

— J'ai déjà promis de prévenir la police, lui rappela-t-il. Et si le retard que nous avons pris pour le faire doit avoir des incidences juridiques, je serai le seul à être tenu pour responsable. Votre nom n'apparaîtra pas. En dehors de mes collaborateurs, personne ne sait que vous avez croisé le chemin du bébé.

— Je vous sais gré de votre prévenance, rétorqua-t-elle d'un ton sec, mais s'il faut témoigner, je le ferai. Je n'ai pas pour habitude de fuir mes responsabilités.

Steve eut un petit sourire.

— Droite et sérieuse, comme toujours ! murmura-t-il en repoussant la mèche qui s'était égarée sur la joue de la jeune femme. Vous laissez-vous aller, parfois, à enfreindre les règles, Carla chérie ?

— Pas souvent, avoua-t-elle d'un air gêné. Et cessez de m'appeler « chérie ».

— C'est que j'aime ça ! protesta-t-il.

Le biberon était presque vide lorsque Audrey commença à s'assoupir. Carla parvint encore à lui tirer un rot — sec, cette fois-ci ! — avant que Steve replace avec précaution le bébé sur son siège. Quand les sangles furent fixées, ils soupirèrent tous deux de soulagement.

— Et maintenant, voulut savoir la jeune femme, qu'allez-vous faire de ce bout de chou ?

— Je vais l'emmener chez moi, tout seul, comme un grand.

Elle ne chercha pas à dissimuler sa surprise.

— Vraiment ?

— Oui. A moins que vous ne souhaitiez nous accompagner.

Au lieu de refuser énergiquement, comme il s'y attendait, elle sembla peser le pour et le contre.

— Non, répondit-elle finalement. Je ne peux pas.

Steve sourit gauchement et haussa les épaules.

— Au moins, j'aurai essayé.

— Vous devez bien avoir quelqu'un pour vous aider. Une, euh... petite amie, peut-être?

— La place est libre, Carla chérie. Voilà des mois que je vous la réserve!

Les joues en feu, elle fit semblant de ne rien avoir entendu.

— N'essayez pas de me faire croire que vous ne fréquentez pas de femme!

— En tout cas, je n'en connais aucune qui m'aiderait de bon cœur à m'occuper d'un nouveau-né. D'ailleurs, il vaut mieux que nous restions discrets.

— Donc, insista Carla, vous allez réellement passer le week-end en tête à tête avec Audrey?

Steve contempla la minuscule fillette aux yeux clos et grimaça intérieurement.

— Je m'en sortirai très bien tout seul, crâna-t-il d'un ton qu'il espérait convaincant.

— Mais vous ne savez même pas préparer un biberon!

— Je ferai comme vous: je lirai le mode d'emploi.

Une ride d'inquiétude plissa le front de Carla.

— Mais s'il arrive quelque chose? Si elle tombe malade, par exemple?

Décidément, se dit Steve, dépité, elle ne lui accordait pas la moindre confiance.

— Je m'en sortirai, se borna-t-il à répéter.

— Quand je pense que vous n'avez rien pour la changer, je...

— L'essentiel, la coupa-t-il d'un ton où pointait l'exaspération, c'est que je ne manque pas de couches propres.

L'inquiétude ne s'effaça pas des traits de la jeune femme.

— Je vous aurais bien donné un coup de main, ce soir, mais j'ai un rendez-vous à 8 heures. D'ailleurs, poursuivit-elle en regardant sa montre, je vais devoir partir si je ne veux pas être en retard.

Avec un brin de jalousie, Steve se demanda si c'était un

petit ami que sa ravissante concurrente s'apprêtait à rejoindre.

— Allez-y. Nous nous entendrons très bien, Audrey et moi.

Carla parut hésiter, puis elle sortit son stylo et griffonna quelques chiffres sur le bloc de Madelyn.

— Je vous donne mon numéro personnel. N'hésitez pas à m'appeler si le besoin s'en fait sentir. Dès que cette affaire sera réglée, brûlez ce papier.

Un large sourire étira les lèvres du jeune homme.

— D'ici là, j'aurai appris votre numéro par cœur.

— Alors, j'en changerai.

Avant de sortir, Carla observa nerveusement le nouveau-né.

— J'espère que ce siège en plastique est aussi conçu pour la voiture. Installez-le à l'envers sur la banquette arrière et n'oubliez pas de le fixer fermement. Les airbags peuvent se révéler mortels pour les bébés.

— Je sais, j'ai lu les faits divers. Allons, éclipsez-vous, maintenant, et ne vous faites pas de souci.

Avec un dernier regard par-dessus l'épaule, la jeune femme disparut, laissant Steve seul avec le bébé.

— Eh bien, Audrey, murmura-t-il alors d'une voix mal assurée, cette fois, ça y est : il n'y a plus que toi et moi. Que le ciel te vienne en aide, ma pauvre puce !

3.

Dans ce restaurant ultrachic où il l'avait invitée, Carla contemplait son demi-frère sans parvenir à fixer son attention sur ce qu'il lui disait. Ses pensées, en effet, dérivaient sans cesse vers Steve et vers le bébé, et elle se demandait avec un peu d'angoisse si ce dernier se débrouillait aussi bien qu'il l'avait déclaré.

— Carla? J'ai l'impression que tu ne m'écoutes pas.

La jeune femme tressaillit.

— Pardonne-moi, Edward, s'excusa-t-elle d'un ton coupable. J'ai eu quelques problèmes au bureau et je crains d'être un peu distraite, ce soir.

Mieux valait qu'elle ne s'étende pas sur les problèmes en question. Son demi-frère était un anxieux chronique qui, depuis le remariage de sa mère avec Louis Jansen alors qu'il avait dix ans et Carla six, prenait très au sérieux son rôle d'aîné. D'un autre côté, il faisait partie des sceptiques à qui la jeune femme voulait prouver qu'elle était capable de gérer J.C.S. aussi bien que l'avait fait son père avant que la maladie ne le mine.

— Qu'est-ce qui ne va pas? demanda-t-il, alarmé. Est-ce que je peux t'aider?

— Non, Edward, je te remercie. Rien dont je ne puisse me charger moi-même.

— Est-ce que tu en es bien sûre? Pour une fois, tu devrais suivre mon conseil et envisager de céder l'entreprise, ou, au moins, de prendre un associé. Tu m'inquiètes, Carla. Tu consacres beaucoup trop de temps à tes activités professionnelles au détriment de ta vie privée.

La jeune femme soupira lourdement.

— Edward, je te répète pour la centième fois que je suis tout à fait capable de diriger J.C.S. et que je n'ai ni l'intention de vendre, ni celle de m'associer à qui que ce soit. A moins, ajouta-t-elle avec un sourire malicieux, que tu veuilles te reconvertir dans le transport aérien.

Ainsi qu'elle le prévoyait, cette perspective fit grimacer son demi-frère.

— Mon métier actuel me satisfait pleinement, je te remercie.

Chirurgien-dentiste, Edward était parvenu, en peu d'années, à fidéliser une clientèle fortunée à laquelle il ne consacrait plus que trois ou quatre heures par jour. Il comprenait mal comment Carla pouvait déployer une telle énergie pour faire fonctionner la compagnie que lui avait léguée son père. Cela étant, et en dépit de leurs différences, la jeune femme savait qu'il chérissait autant qu'elle-même la relation qu'ils avaient établie depuis qu'ils étaient adultes. Ils dînaient ensemble une fois par mois et se parlaient souvent au téléphone entre deux dîners. Et pour rien au monde ils n'auraient brisé ce lien, si ténu soit-il, sans doute parce qu'aucun des deux n'avait d'autre famille.

Ce constat intérieur assombrit la jeune femme. En fait, songea-t-elle, mis à part Edward et quelques cousins très éloignés, elle était presque aussi seule que Janice. Mais presque, seulement, car si elle se retrouvait enceinte, abandonnée et sans le sou, elle savait qu'elle pourrait compter sur son demi-frère. Janice, elle, n'avait manifestement ni parent ni ami vers qui se tourner, et c'était à coup sûr la raison pour laquelle elle avait remis son sort entre les mains de Steve Lockhart.

Maintenant qu'elle avait le temps d'y penser, Carla n'était pas surprise de la confiance que Janice accordait à Steve. Son concurrent était en effet connu dans les diverses sphères de l'aérodrome pour la compréhension et la générosité dont il faisait preuve envers ses employés. C'était un homme que les gens aimaient spontanément. Carla, elle, ne le détestait pas précisément, mais son ironie perpétuelle commençait à l'agacer. Surtout, elle supportait de plus en plus mal qu'il grignote sa clientèle. Lockhart Air Service était encore loin d'avoir l'importance de J.C.S., mais elle savait que, un jour ou l'autre, la compagnie de Steve dépasserait celle qu'elle avait héritée de son père, et cela la faisait douter de ses propres compétences.

— Encore en train de rêvasser ! lui reprocha Edward à ce moment-là.

La jeune femme revint brusquement sur terre.

— Je suis confuse ! Un peu de fatigue, sans doute.

— Carla, tu devrais prendre des vacances. A ton âge, on sort, on fait la fête, ou on fait des enfants ! En dehors du bureau, tu ne vois jamais personne. Pourtant, je te connais assez pour savoir que tu as envie de fonder une famille.

Carla contempla son demi-frère d'un œil affectueux.

— Je suis ravie que tu te soucies de moi, Edward. C'est vrai, j'ai envie d'avoir une famille et j'en aurai une un jour, avec un peu de chance.

Une image lui traversa soudain l'esprit, et elle se demanda fugitivement si Audrey avait bien pris son biberon.

— Cela dit, reprit-elle, j'aurai le temps d'y penser quand la situation de J.C.S. sera définitivement assainie. Tu sais dans quel état était la société à la mort de papa, il y a un an. Dès qu'elle sera à flots, j'aurai enfin du temps libre.

Bien entendu, il s'agissait d'un vœu pieu. J.C.S. était

loin d'être tirée d'affaire, et la concurrence acharnée à laquelle Steve se livrait n'arrangeait pas les choses. Mais comment reconnaître ces revers alors qu'il n'y avait pas d'autre Jansen pour assurer la pérennité de l'entreprise fondée par le grand-père? Edward, évidemment, ne comprendrait pas qu'elle accorde autant d'importance à cet héritage. Son propre père était mort si jeune qu'il n'avait jamais su ce que c'était que d'en quêter l'approbation d'un père pour le moindre de ses actes. Ni l'effet que cela faisait de se rendre compte jour après jour qu'il ne suscitait, chez ledit père, que déception. Aussi loin que Carla s'en souvienne, Louis Jansen avait en effet proclamé à qui voulait l'entendre qu'il aurait tout donné pour avoir un fils. Et elle se rappelait parfaitement son dépit le jour où Edward lui avait appris qu'il n'était pas intéressé par l'entreprise à laquelle il avait consacré sa vie. Ainsi, au moment de passer les rênes, n'avait-il eu d'autre choix que Carla, et c'est la mort dans l'âme qu'il s'était résolu à ce qu'elle lui succède, convaincu qu'elle ne serait jamais à sa place dans le fauteuil qu'il lui abandonnait.

La jeune femme déglutit péniblement pour briser le nœud qui lui serrait la gorge, puis tenta d'écouter avec attention l'anecdote que lui contait son demi-frère. Le traitement de la double carie du gouverneur ne la passionnait pas vraiment, mais il aurait au moins le mérite de l'empêcher de broyer du noir.

Steve atteignit l'extrémité du couloir et, pour la centième fois consécutive, fit demi-tour pour repartir dans l'autre sens, honteusement conscient d'être à l'entière merci d'un bébé de trois kilos. Dans ses bras, enveloppée d'une couverture légère, Audrey paraissait en effet profondément endormie, mais il savait pertinemment — pour avoir tenté sa chance à plusieurs reprises — qu'elle se mettrait à hurler de toute la force de ses petits poumons s'il essayait jamais de la coucher.

Steve entama une autre longueur de couloir avec un soupir de lassitude. Il berçait Audrey depuis plus d'une heure et ses bras commençaient à s'ankyloser. De plus, il mourait de faim, car, il s'était dit qu'il mangerait une fois le bout de chou au lit, sans prévoir que ce seul fait se transformerait en un véritable exploit à accomplir. Sans compter qu'il fallait vraiment qu'il se rende au petit coin. Peut-être que s'il portait la fillette sur un bras, il parviendrait à se faire un sandwich, réfléchit-il en faisant une nouvelle fois demi-tour. Cependant, il était hors de question qu'il se rende aux toilettes avec elle !

Il était exactement 22 heures quand quelqu'un sonna soudain à la porte. Douillettement blotti dans les bras de Steve, le bébé sursauta mais n'ouvrit pas les yeux. Le jeune homme haussa les sourcils, étonné. Qui pouvait bien lui faire une visite inopinée à une heure pareille ? A moins que Janice...

Il s'empressa d'aller ouvrir et ne put retenir une exclamation d'heureuse surprise.

— Oh, c'est vous !

Devant lui, les bras chargés de paquets, Carla fit la moue.

— Vous attendiez quelqu'un d'autre ?

— Pas précisément. Mais quand j'ai entendu la sonnerie, je me suis dit que c'était peut-être la maman de cette minuscule personne.

Steve s'écarta pour laisser passer la jeune femme.

— Entrez, je vous en prie.

— Je vous apporte quelques affaires pour Audrey, expliqua Carla en s'exécutant. Je n'étais pas sûre que vous puissiez sortir pour acheter le nécessaire.

Steve adressa à la jeune femme un sourire reconnaissant : le bébé portait toujours le même T-shirt que lorsqu'ils l'avaient trouvé, et la provision de couches s'amenuisait rapidement.

— C'est une excellente idée que vous avez eue là, Carla. Merci beaucoup.

Elle se débarrassa de ses paquets sur la table de la cuisine avant de se tourner vers le maître des lieux.

— Vous avez l'air défait, mon pauvre Lockhart.

« Toujours le mot aimable ! » se dit Steve. Puis, il ajouta à haute voix :

— C'est à cause d'Audrey. Elle refuse de se coucher.

Manifestement incertaine de la conduite à tenir, Carla resta debout, bras croisés, au milieu de la cuisine et le jeune homme s'aperçut alors qu'elle s'était changée depuis la dernière fois qu'il l'avait vue. Entièrement vêtue de noir — du haut sans manches en tissu satiné aux sandales de marque, en passant par le pantalon à pattes d'éléphant —, elle était sublime. Par malheur, pensa-t-il avec un pincement de jalousie, c'était exactement le genre de tenue qu'elle aurait mise pour se rendre à un rendez-vous amoureux !

— Est-ce que je peux me rendre utile ? demanda-t-elle à cet instant.

Steve sauta sur l'occasion.

— Vous pourriez peut-être prendre Audrey un moment pendant que je me fais un sandwich. Je meurs littéralement de faim.

— Bien sûr. Donnez-la-moi.

La jeune femme s'approcha, précédée d'un parfum délicat, subtilement floral. Elle avait relevé ses cheveux en un chignon lâche, dévoilant la peau soyeuse de son cou. Emoustillé, Steve dut se faire violence pour ne pas y poser les lèvres.

— Votre rendez-vous s'est terminé tôt, constata-t-il d'un ton innocent.

— Ce n'était qu'un dîner, rétorqua Carla avec indifférence.

Elle prit le bébé dans les bras. Il se tortilla un moment pour trouver sa place avant de s'assoupir de nouveau.

— Est-ce qu'Audrey a mangé ? voulut-elle savoir.

— Elle a pris un peu de lait, tout à l'heure. Mais le

dernier biberon qu'elle ait fini est celui que vous lui avez donné voilà déjà quatre heures.

— Bon. Elle veut peut-être manger un peu plus avant d'aller au lit. Où est le biberon ?

— Je vais le réchauffer au micro-ondes, déclara Steve, joignant le geste à la parole.

Il se tourna ensuite vers la jeune femme.

— Il y a un fauteuil à bascule dans le salon.

— Non, dit-elle en s'asseyant sur une chaise, près de la table de chêne à pied central. Je préfère vous tenir compagnie pendant que vous dînez.

Steve se demanda si Carla était sincère ou si elle appréhendait tout simplement de se retrouver seule avec Audrey. Il lui tendit le biberon et la regarda faire tandis qu'elle glissait la tétine entre les lèvres de leur petite protégée, qui s'était subitement réveillée. Le bébé se mit à téter, d'abord lentement, puis avec davantage d'enthousiasme.

— Elle préfère que ce soit vous qui la nourrissiez, fit remarquer le jeune homme.

— Je crois surtout qu'elle n'avait pas très faim quand vous avez tenté de la faire manger. Les événements de la journée ont dû la perturber.

— Je la comprends ! opina Steve en se dirigeant vers la porte. Euh... si vous voulez bien m'excuser, je dois aller me laver les mains.

Carla hocha la tête. Maintenant qu'Audrey avait accepté le biberon, elle semblait plus à l'aise avec elle.

— Allez-y. Le bébé et moi nous entendrons très bien.

Lorsque Steve revint dans la cuisine, il ne s'était toujours pas fait à l'idée que Carla soit chez lui.

— Qui vous a donné mon adresse ?

— J'ai appelé Madelyn, avoua-t-elle. La pensée qu'Audrey n'avait rien pour se changer me tracassait et j'étais sûre que vous vous entêteriez à ne demander de l'aide à personne.

Steve sortit du frigo quelques tranches de viande froide, du fromage et des tomates.

— Je vous fais un sandwich? proposa-t-il.

— Non, merci. Je viens de dîner.

« Oui, mais avec qui? » se demanda-t-il de nouveau.

— J'espère, avança-t-il, que le bébé et moi ne vous avons pas gâché la soirée?

— Pas du tout. Il est rare que mon demi-frère m'invite à sortir en boîte après le restaurant.

Son demi-frère... Steve sourit et fut immédiatement soulagé de cette information.

— Que puis-je vous offrir? Thé, café, soda?

— Une tasse de thé, je vous prie.

Il mit de l'eau à bouillir et entreprit de préparer son sandwich. Pendant ce temps, Carla essayait de faire faire son rot au bébé. Quand elle y fut parvenue, elle le réinstalla dans ses bras et replaça la tétine dans sa bouche.

— Audrey aussi était affamée, fit-elle remarquer.

Steve posa la tasse de thé sur la table, ainsi que l'assiette qui contenait son sandwich, puis s'assit en face de la jeune femme.

— Je vous jure que j'ai essayé de lui donner son biberon à plusieurs reprises, mais sans grand succès.

La présence de Carla dans sa cuisine l'enchantait. La lumière du lustre se reflétait sur ses cheveux, et Steve eut soudain envie de la voir défaire son chignon et laisser sa chevelure tomber sensuellement dans son dos. Les lèvres de la jeune femme, pleines et fraîches, lui donnaient une faim que son sandwich n'aurait su satisfaire. Elle était venue pour le bébé, bien entendu, mais il pouvait néanmoins s'imaginer qu'elle était un peu là pour lui-même.

— Vous étiez inquiète pour Audrey, n'est-ce pas?

Elle le dévisagea, visiblement étonnée.

— Bien sûr! Pourquoi croyez-vous que je sois là?

« Au temps pour mes fantasmes! » se dit Steve. Il aurait dû se souvenir que Carla voyait en lui un rival, et non un ami.

— J'apprécie énormément que vous soyez passée. Cela étant, ne put-il s'empêcher d'ajouter, j'avais la situation bien en main.

— C'est sans doute la raison pour laquelle vous avez englouti ce sandwich comme si vous n'aviez rien avalé depuis des semaines.

Elle reporta son attention sur le bébé en se mordillant la lèvre d'un air inquiet.

— A votre avis, Steve, où est Janice ?

— Je ne sais pas, mais nous la trouverons. Si elle n'a pas donné signe de vie d'ici à demain, je contacterai un détective privé de mes amis, un nommé Blake. J'ai eu l'occasion de le tirer d'un guêpier où il s'était fourré, un jour, au Mexique. Je survolais le sud de...

Le jeune homme fut brusquement interrompu par la sonnerie du téléphone. Il s'empressa de décrocher avant que la stridulation ne dérange Audrey. Probablement Madelyn ou Bart qui venait aux nouvelles...

— Allô ? lança-t-il.

A l'autre bout du fil, il y eut un silence, bientôt suivi d'un murmure.

— Comment va le bébé ?

Steve se pétrifia. C'était la voix de Janice ! Il dut faire un effort pour conserver son calme.

— Le bébé va bien. Où êtes-vous ?

Seul un sanglot lui répondit.

— Je n'ai pas prévenu la police, reprit-il d'un ton rassurant. En dehors de mes collaborateurs, personne n'est au courant.

D'accord, Carla ne faisait pas précisément partie de ses employés. Mais dans la mesure où Janice travaillait également pour elle, il n'allait pas se soucier de ce détail.

Il entendit une exclamation de gratitude, suivit d'un remerciement étouffé.

— Merci. J'étais sûre que je pouvais compter sur vous.

— Je pourrais mieux vous aider si vous me disiez ce qui ne va pas. Pourquoi ne viendriez-vous pas chez moi ?

— Non, je... Pas maintenant. Mais je vous promets de venir bientôt. En attendant, vous... Ne prévenez pas la police, je vous en prie, et... protégez mon bébé !

Steve était profondément ému par le désespoir qui faisait frémir la voix de la jeune maman.

— Je vous le promets, répondit-il d'un ton rauque. Mais vous devez me...

— Je vous remercie, le coupa-t-elle d'un ton proche de la panique. Excusez-moi, mais il faut que je raccroche. Em... embrassez Audrey pour moi.

Le bourdonnement lui apprit qu'elle n'était plus en ligne. Il raccrocha à son tour en poussant un juron d'impuissance et se retourna pour s'apercevoir que Carla, le bébé somnolent dans les bras, s'était levée et le fixait d'un regard anxieux.

— C'était Janice. Elle ne m'a pas appris grand-chose, mais elle paraissait terrifiée.

— Qu'a-t-elle dit ?

— Elle m'a demandé des nouvelles du bébé puis elle m'a supplié de n'avertir personne et de protéger Audrey. C'est tout.

Carla se mit à bercer le nouveau-né, mais son esprit était ailleurs.

— Cette histoire n'a ni queue ni tête, se révolta-t-elle soudain. Audrey a besoin de stabilité, d'une mère qui soit présente et qui puisse prendre soin d'elle. Soyons réalistes, Lockhart : même si Janice réapparaît, comment s'en sortira-t-elle avec le peu qu'elle gagne à balayer nos bureaux ? Et qui s'occupera du bébé pendant que sa mère travaillera ?

— Nous essayerons de lui faciliter la vie. D'ailleurs, les mères célibataires dont la situation financière est précaire ont droit à des aides. Et puis Janice est dure à la tâche. Je suis sûr qu'elle s'en tirera très bien, comme tant d'autres jeunes mamans.

Carla secoua la tête avec un soupir désabusé.

— Je vous savais influençable mais je ne vous croyais pas naïf.

— Je ne suis pas naïf. Au contraire, je me flatte de savoir jauger les gens. Et je n'ai jamais été trompé par quelqu'un en qui j'avais placé ma confiance.

Visiblement incrédule, la jeune femme haussa les épaules.

— Rien d'étonnant à ce que Janice ait abandonné son bébé dans votre avion. Elle savait que vous n'agiriez pas de façon normale et, donc, que vous ne préviendriez pas la police. Car voyez-vous, Lockhart, je crois que vous êtes impulsif, non-conformiste et que vous n'avez que faire des conséquences de vos actes.

Sincèrement amusé par le résumé qu'elle venait de faire de sa personnalité, Steve pouffa de rire.

— Merci, Carla chérie. Je vous aime aussi.

La jeune femme s'empourpra et détourna vivement les yeux.

— Nous devrions essayer de coucher Audrey. Avez-vous un lit pour elle?

— Oui. J'ai emprunté un couffin à la voisine en prétextant que je gardais le bébé d'une amie malade.

— Bon. J'ai apporté quelques vêtements. Si nous la changeons, Audrey acceptera peut-être de dormir jusqu'à l'aube!

Prenant garde à ne pas réveiller la petite fille, ils changèrent sa couche et lui passèrent une grenouillère rose ornée d'un motif floral. Dans le sac que Carla avait apporté, Steve trouva également trois autres grenouillères, deux couvertures pour bébés, des grelots multicolores en plastique et un petit ours en peluche qui lui arracha un sourire nostalgique.

— Il y a tout ce qu'il faut, dans ce sac. C'est gentil d'y avoir pensé.

— Je l'ai fait pour Audrey, affirma-t-elle avec un regard de défi.

— Je n'en ai jamais douté.

La jeune femme hocha la tête comme si elle était satisfaite de s'être fait entendre.

— Vous devriez la mettre au lit, maintenant, reprit-elle d'un ton ferme.

— Bien, madame !

L'attitude quelque peu autoritaire de Carla ne le gênait pas. Il avait compris qu'elle agissait ainsi quand elle se sentait menacée ou indécise. Il prit donc le bébé avec un soin exagéré et le porta sur la pointe des pieds jusque dans sa chambre, où il avait installé le couffin.

Carla l'avait suivi.

— Couchez-la sur le dos, conseilla-t-elle. Selon les spécialistes, c'est la meilleure position. Et faites attention à la couverture ; elle ne doit pas lui recouvrir la figure. Audrey est trop petite pour la repousser et risquerait de ne pas pouvoir respirer librement s'il arrivait qu'elle en soit recouverte.

Un moment plus tard, Carla et Steve, debout près du couffin, observaient, souffle suspendu, le petit être qui gigotait en vagissant faiblement. Elle ne tarda pas à sombrer dans un sommeil de plomb. Quand il fut certain qu'Audrey dormait — au moins pour un temps ! —, le maître des lieux soupira de soulagement et ne put s'empêcher de glisser un bras sur les épaules de la jeune femme.

— Ce bébé est craquant, non ?

— Oui, acquiesça-t-elle en s'écartant précipitamment.

Le bras de Steve retomba lourdement.

— Bien, reprit Carla. Je, euh... je crois qu'il vaut mieux que j'y aille.

Sur un dernier regard au bébé, le jeune homme lui emboîta le pas.

— Allons, ma chérie, vous avez bien cinq minutes !

— Non. Il se fait tard et je dois rentrer. Et cessez de m'appeler « chérie » ! Nous sommes des concurrents, pas des amis. Ce n'est pas parce que je me soucie de ce bébé que j'ai oublié votre idée fixe : m'acculer à la faillite.

Steve laissa échapper un gloussement.

— Enfin, Carla, je n'ai nullement l'intention de vous ruiner ! Je pense simplement qu'il y a assez de travail pour nous deux.

— Dans ce cas, rétorqua-t-elle d'un ton sec, trouvez vos clients ailleurs que chez moi !

— Je vous promets que je ne fais rien pour les débaucher. Mais je ne peux pas, non plus, les refuser quand ils viennent me voir d'eux-mêmes !

La jeune femme ne sut manifestement quoi répondre à cela. Elle saisit son sac d'un geste irrité et se dirigea d'un pas vif vers la porte.

Alors qu'elle avait déjà la main sur la poignée, elle se retourna une dernière fois.

— Avant que je parte, puis-je faire autre chose pour le bébé ?

Steve la considéra pensivement. Il avait bien une requête à formuler, mais il fallait avoir un certain culot pour oser. Par bonheur, il n'en avait jamais manqué...

— En fait, oui. Vous pourriez nous rendre un service.

— De quel genre ?

— Eh bien, si vous n'avez rien de mieux à faire, vous pourriez peut-être garder Audrey, demain. Je dois donner quelques leçons de pilotage et je préférerais ne pas avoir à les annuler.

La stupéfaction la plus totale se peignit sur le beau visage de Carla.

— Que je fasse du baby-sitting pour vous permettre d'aller travailler ? C'est bien ce que vous avez dit ?

— Parfaitement. Je comptais embaucher Madelyn mais, le week-end, elle s'occupe de sa vieille maman impotente.

La jeune femme le fixait toujours d'un œil incrédule.

— Je n'en crois pas mes oreilles ! murmura-t-elle en secouant la tête.

— C'est pourtant vous qui avez proposé vos services ! Cela dit, si vous avez déjà prévu quelque chose, je comprendrai que...

— J'avais prévu de mettre à jour la tonne de paperasserie qui attend mon bon vouloir. Mais je suppose que je peux travailler ici.

Steve lui décocha un large sourire.

— J'étais sûr que vous diriez oui.

— Je n'en reviens pas moi-même ! soupira Carla. A quelle heure avez-vous besoin de moi ?

— 9 heures ? Mes leçons débutent à 9 h 30. Cela me laisse juste le temps d'arriver à l'aérodrome. Je donne ma dernière leçon à 13 heures, ce qui me fait revenir vers 13 h 30.

La jeune femme opina du chef.

— Très bien. Mais ne traînez pas pour rentrer.

On aurait dit une institutrice ! Steve faillit éclater de rire, mais il parvint à se retenir : mieux valait ne pas y aller trop fort.

Carla entrouvrit la porte.

— Une dernière chose, Lockhart. Si vous me volez un client, demain, pendant que je garde votre bébé, je vous jure que vous n'aurez pas assez d'une vie pour vous en repentir.

— Enfin, Carla, pour qui me prenez-vous ?

Le regard qu'elle lui jeta fit comprendre à Steve qu'elle ne le prenait pas pour grand-chose.

— Vous avez toujours mon numéro, au cas où Audrey aurait un problème ?

Il s'approcha d'elle pour le lui chuchoter à l'oreille.

— D'accord ! grimaça-t-elle. J'en change dès lundi matin.

Steve éclata de rire et lui caressa la joue du dos de la main.

— Merci d'être venue, Carla. Et merci de revenir demain.

Elle sortit si vite qu'il n'eut pas le temps de comprendre ce qu'elle murmurait.

Le jeune homme referma la porte sourire aux lèvres. Carla avait tenté de le convaincre qu'elle n'était passée que pour le bébé, mais elle ne serait pas restée aussi longtemps si elle le détestait autant qu'elle le prétendait. Décidément, l'avenir s'annonçait lumineux, malgré tout !

Lorsque Carla prit conscience qu'elle avait posé une main à l'endroit précis où Steve Lockhart l'avait caressée, elle poussa un soupir irrité tout en reprenant le volant des deux mains. Tout cela était ridicule. Cet homme ne lui plaisait pas, et si elle ressentait pour lui une légère attirance, ce n'était qu'une question d'hormones. Son corps frustré d'amour depuis trop longtemps ne faisait que réagir de façon naturelle aux attentions de ce mâle exceptionnellement séduisant, mais elle n'avait pas l'intention de se laisser dominer par ses instincts. Si elle l'avait poursuivi à travers l'aérodrome, aujourd'hui, c'était pour lui jeter à la tête qu'elle en avait plus qu'assez qu'il lui prenne ses clients. Et si elle s'était rendue chez lui, ce soir, c'était pour être sûre que le bébé allait bien.

Bon, elle avait aussi accepté de garder Audrey le lendemain afin que Steve puisse aller travailler. Un accès de folie dont elle se repentait déjà. D'ailleurs, il n'était pas rare que ce garçon la rende folle — et pas seulement à cause des fossettes qui se creusaient sur ses joues chaque fois qu'il souriait. Il était arrogant, outrecuidant, même, et il semblait avoir une aversion presque pathologique pour les règles de la vie en société. Dans cette affaire, par exemple... Tout homme normal découvrant un nouveau-né dans son avion aurait paniqué. Il aurait prévenu la police et se serait lavé les mains de la suite des événements. Mais pas Steve, oh non ! Lui avait pris soin de l'enfant et avait demandé à la mère de ne pas s'inquiéter. Il n'y connaissait rien en matière de bébé mais il s'était senti responsable, c'était flagrant ! Tout pouvait arriver, y compris une catastrophe, mais cela semblait ne lui faire ni chaud ni froid !

Carla soupira de lassitude. Une petite voix venait de lui murmurer que Steve était le genre d'ami sur lequel on pouvait compter, quelles que soient les épreuves, quelqu'un dont la loyauté était indéfectible. C'était une qualité admirable, certainement, mais qui induisait des attitudes inconsidérées. Ainsi, lui et ses employés avaient refusé de laisser Audrey aux services sociaux. Pire, ils l'avaient considérée, elle, comme un monstre sans cœur pour avoir proposé de le faire !

La jeune femme s'arrêta dans son garage et coupa le contact de sa décapotable. Elle se sentait fatiguée — épuisée même — mais elle pressentait qu'il ne lui serait pas facile de trouver le sommeil. L'image de Janice, seule et désespérée, allait la tenir éveillée, ainsi que celle d'un bébé minuscule dont le sort reposait entre les mains à la fois puissantes et tendres de Steve Lockhart.

4.

Steve finit de boutonner sa chemise d'un geste nerveux, en se demandant comment les parents de triplés s'y prenaient pour ne pas sombrer dans la folie. Une simple nuit avec un seul bébé avait en effet suffi à épuiser ses forces, et la famille nombreuse à laquelle il lui était arrivé de rêver ne lui paraissait plus aussi idéale.

L'aspect positif de l'épreuve qu'il venait de subir était qu'à présent, il savait tout des mœurs nocturnes des nouveau-nés. Ces petits êtres incontrôlables ne dormaient guère plus de deux heures d'affilée, exigeaient d'être nourris dès qu'ils se réveillaient, ne toléraient pas que leur couche soit humide, et l'intensité de leurs cris était tout bonnement incroyable.

Steve sortait de la salle de bains quand la sonnette de la porte d'entrée retentit. 9 heures tapantes. Il n'en attendait pas moins de Carla ! Il alla ouvrir à la jeune femme en se promettant de ne rien lui dire de la nuit qu'il venait de passer. A quoi bon se plaindre, en effet ?

— Bonjour, Carla, la salua-t-il avec un large sourire. Avez-vous bien dormi ?

Elle l'observa un instant, yeux plissés.

— Mieux que vous, apparemment. Des problèmes ?

Impossible de lui dissimuler quoi que ce soit ! Steve ne l'aurait pas cru aussi perspicace.

— Pas vraiment, non. Mais Audrey préfère dormir par

51

à-coups et je crains que nous n'ayons pas le même rythme.

Carla passa devant lui pour entrer, le frôlant de ses cheveux soyeux. Dans son T-shirt ras de cou bleu pâle, elle était tout simplement ravissante, et le jean qui moulait ses formes harmonieuses était loin d'enlaidir le tableau qu'elle présentait.

— Vous êtes sûr de pouvoir piloter ?

Brutalement tiré de sa contemplation, Steve fixa la jeune femme d'un œil interrogatif.

— Avec la tête que vous avez, précisa-t-elle, j'ai peur que vous ne mettiez la vie de vos élèves en danger.

Il haussa légèrement les épaules.

— J'apprécie votre sollicitude, mais tout va pour le mieux. Par bonheur, je n'ai pas besoin de beaucoup de sommeil pour être en forme.

La jeune femme l'attirait tant qu'il ne résista pas à l'envie de lui caresser la joue. Comme si sa main l'avait brûlée, elle recula précipitamment.

— Est-ce que... est-ce qu'Audrey dort ? bafouilla-t-elle.

Steve opina du chef.

— J'ai installé le couffin dans ma chambre. Et n'ayez crainte, quand elle voudra se lever, elle vous le fera savoir ! Vous trouverez des biberons tout prêts dans le frigo. Il suffit de les réchauffer une minute au micro-ondes car la petite demoiselle aime son lait à température ambiante. J'ai rangé les couches dans mon armoire, à côté des grenouillères propres.

La jeune femme acquiesça de la tête. Si elle appréhendait la journée qui l'attendait, se dit Steve, elle n'en laissait rien paraître.

— Et Janice ? Ne deviez-vous pas contacter votre ami détective ?

— Je préfère attendre ce soir. Avec un peu de chance, Janice viendra chercher son bébé aujourd'hui et moins il y aura de personnes au courant de cette affaire, mieux cela vaudra.

Carla avait à présent l'air inquiet mais elle approuva le jeune homme.

— Partez, maintenant. Sinon, vous allez vous mettre en retard.

— D'accord. Il y a des jus de fruits et de quoi déjeuner dans le frigo. N'hésitez pas à vous servir.

— Je crois que je m'en sortirai. Et tâchez de revenir à l'heure ; j'ai des courses à faire, cet après-midi.

Steve se demanda si le soudain durcissement de la jeune femme était destiné à cacher la panique qui l'envahissait à l'idée de se retrouver seule avec Audrey. A dire vrai, elle ne manquait pas de courage. Elle n'avait pas plus d'expérience avec les bébés que lui-même, mais en apparence, elle conservait tout son sang-froid.

L'admiration qu'il éprouvait pour Carla lui donna des ailes. Avant qu'elle n'ait eu le temps de deviner son intention, Steve avait plaqué sa bouche sur celle de la jeune femme, pour un baiser qui lui parut aussi délicieux que dans ses rêves — mais, hélas, bien plus court. Elle le repoussa presque aussitôt avec un hoquet de surprise.

Steve profita de sa stupéfaction pour s'adresser à elle comme si la scène qui venait de se dérouler n'avait rien que de très banal.

— A tout à l'heure, Carla chérie. Je ne rentrerai pas tard.

— Je... Ne refaites plus jamais ça !

Mais il était déjà dans le couloir et il pourrait feindre de ne pas l'avoir entendue...

Au moment où la porte se refermait sur le jeune homme, Carla, les jambes coupées par l'émotion, s'effondra dans un fauteuil. Steve l'avait embrassée ! Sans même un mot d'avertissement, il l'avait attirée à lui dans un baiser si fougueux que toutes ses capacités de réflexion, d'habitude si vives, en avaient été annihilées. Mais pourquoi, grands dieux, avait-il agi de la sorte ? Et pourquoi avait-elle mis si longtemps à réagir ?

La jeune femme soupira de découragement. Depuis la veille, son bon sens semblait l'avoir abandonnée. Car enfin, que faisait-elle chez Steve Lockhart, son unique et dangereux concurrent ? Elle l'aidait tout simplement à asseoir son affaire en lui permettant d'aller travailler ! Si on lui avait dit, il y avait encore vingt-quatre heures, qu'elle passerait son samedi à garder un bébé, elle aurait éclaté de rire. Et voilà qu'en plus elle mettait en péril sa crédibilité en couvrant l'acte irresponsable de Janice ! C'était d'autant plus insensé qu'elle n'était pas qualifiée pour prendre soin d'un nouveau-né... et que Steve devait s'imaginer qu'elle le faisait pour ses beaux yeux.

Elle inspira profondément en se massant les tempes. Bon, maintenant qu'elle était là, elle devait agir de façon positive. Elle allait vérifier que le bébé dormait normalement, puis elle se mettrait à sa paperasse. Il fallait qu'elle se tienne occupée sous peine de repenser à ce baiser qui avait bien failli anéantir ses défenses.

Carla se rendit dans la chambre de Steve. Dans son couffin joliment décoré, Audrey dormait paisiblement. Elle avait l'air si fragile, si dépendante des adultes qui l'entouraient, que la jeune femme sentit sa gorge se serrer. Que s'était dit Janice lorsqu'elle l'avait abandonnée ? Quel désespoir avait pu la pousser à le faire ?

Mais rester plantée là ne servait à rien. Elle regagna sans bruit le salon, prit sa mallette et inspecta la pièce du regard. Où donc allait-elle s'installer ? Dans un coin, une petite table en chêne entourée de quatre chaises semblait lui faire signe. Une table de célibataire, qui avait dû connaître nombre de parties de poker acharnées ! Elle décida que ce serait parfait comme bureau. Ainsi, elle serait près du couloir et pourrait entendre Audrey si elle la réclamait. Et puis, cet endroit semblait si confortable...

Carla aimait l'intérieur de Steve. Elle n'y avait pas prêté trop d'attention, la veille au soir, occupée qu'elle était par Audrey, mais elle avait le temps, maintenant, de s'y intéresser. Superficiellement, bien entendu. Elle n'allait pas se mettre à fouiller les tiroirs !

Dans le salon, les meubles de chêne massif et le tissu écossais conféraient une touche incontestablement masculine à la décoration, mais sans excès. Aux murs, les tableaux représentaient des scènes de la vie sauvage — colverts en formation de vol, biches et cerfs broutant paisiblement, loups hurlant à la lune.

La chambre où dormait Audrey — celle de Steve, donc — reprenait les mêmes thèmes : chêne massif, tissu écossais, vie sauvage. Mais ce n'était pas le cas des deux autres chambres que comprenait la maison. L'une, sommairement meublée, devait servir peu souvent, et l'autre était visiblement utilisée par Steve comme pièce de travail. Elle contenait un bureau, un ordinateur, un fax, une photocopieuse et plusieurs classeurs débordant de dossiers. La jeune femme s'empressa d'en refermer la porte pour ne pas être tentée de fouiner dans les papiers de son concurrent.

Elle n'eut qu'à traverser le couloir pour se retrouver dans la salle à manger, où, curieusement, la décoration n'avait rien à voir avec celle du salon et de la chambre de Steve. Sous un lustre magnifique trônaient une vénérable table en érable et huit chaises assorties. Contre le mur de droite, un buffet à façade bombée présentait, à travers sa vitre, des assiettes blanches anciennes et des verres de cristal incrustés d'or. Carla pensa à un héritage. Steve avait sans doute reçu toutes ces choses de sa mère ou de sa grand-mère... et les conservait précieusement, en sentimental qu'il devait être.

La jeune femme termina sa visite par la cuisine, où elle avait passé un bon moment la veille au soir. Là, les placards étaient encore en chêne, ainsi que la table ronde à pied central. Le bois blond s'harmonisait parfaitement avec le carrelage en terre cuite ocre et donnait à l'ensemble une impression d'incontestable bon goût.

Carla revint dans le salon en se demandant fugitivement si Steve s'était fait conseiller pour décorer sa maison. Quoi qu'il en fût, tout y était tellement à sa place, confortable et agréable à l'œil, qu'elle-même n'aurait pas modifié grand-chose si elle y avait aménagé. Un peu d'art moderne aux murs pour tempérer la vie sauvage et les scènes de chasse, plus de couleur et de coussins sur les canapés... En tout cas, la demeure tout entière reflétait la personnalité de Steve. Au point d'ailleurs que la jeune femme sentait sa présence partout... ce qui ne contribuait pas à sa tranquillité d'esprit.

Mais que pouvait bien avoir ce garçon pour que le simple fait d'être chez lui se transforme en expérience dérangeante? Et s'il lui était vraiment indifférent, pourquoi une telle émotion l'étreignait-elle du seul fait de parcourir les pièces où il vivait?

— Tu deviens ridicule, ma pauvre fille! se réprimanda-t-elle à voix basse. Tu ferais mieux de te mettre au travail.

Quand Audrey se réveilla, la jeune femme venait de s'asseoir devant son ordinateur. C'était la dernière fois de la journée qu'elle devait en contempler l'écran.

Les leçons de pilotage étaient terminées et Steve se dirigeait vers sa voiture à travers un parking pratiquement désert, en ce samedi, quand un homme solidement bâti s'approcha de lui.

— Vous êtes bien le patron de Lockhart Air Service, n'est-ce pas? Je désire vous parler.

Avant de répondre, le jeune homme prit le temps d'étudier l'inconnu qui l'abordait de façon si directe. Proche de la cinquantaine, le visage large, le nez cassé, les cheveux bruns plaqués en arrière par une couche de gel trop épaisse, un cou de taureau, les oreilles décollées... Une caricature de boxeur à la retraite !

— Je suis Steve Lockhart, en effet. Que puis-je pour vous ?

— Je suis à la recherche d'une de vos employées, une certaine Janice Gibson.

Steve parvint à ne marquer qu'une légère surprise.

— Janice Gibson ? répéta-t-il en haussant les sourcils.

Son interlocuteur se borna à hocher la tête. Etait-ce donc à cause de cet individu que la jeune femme se cachait ? Déterminé à ne rien laisser filtrer de ce qu'il savait, Steve croisa les bras et considéra l'homme d'un regard serein.

— Effectivement, Mlle Gibson a fait partie de mon personnel pendant quelques mois. Malheureusement, elle ne travaille plus pour moi.

— Vous l'avez virée ?

— Non. Elle est partie d'elle-même.

— Quand ?

Steve n'avait pas pour habitude de juger les gens au premier abord. Toutefois, il savait déjà que ce gars-là ne lui plaisait pas.

— Récemment, répondit-il. Je suis navré, mais je ne peux pas vous renseigner davantage. Je n'ai aucune idée de l'endroit où Mlle Gibson se trouve actuellement.

C'était d'ailleurs la stricte vérité. Quant au bébé, il n'avait aucune raison d'en parler.

— Et pour ce qui est de l'autre compagnie qui l'employait, euh... Jansen Charter Service ? Vous croyez qu'on pourrait m'en dire plus ?

— Non. Je parlais justement de ce problème hier avec Carla Jansen. Elle non plus ne sait pas ce qu'il est advenu de Mlle Gibson. D'ailleurs, nous avons tous les deux prévu de la remplacer dès lundi.

L'homme fit peser sur Steve un regard suspicieux.

— Vous êtes sûr que vous ne savez pas comment la contacter ?

— Tout à fait.

Sa sincérité devait être manifeste car le quidam secoua la tête en jurant. Après quelques secondes de réflexion, il haussa les épaules et enfonça les mains dans ses poches d'un geste rageur.

— Si toutefois vous avez de ses nouvelles, faites-le-moi savoir, d'accord ? Je m'appelle Frank Claybrook et je suis au Discount Motel, dans Ninth Street, pour deux ou trois jours.

— Mais en admettant que j'entende parler de Mlle Gibson, pourquoi devrais-je vous contacter ? Qu'est-ce que vous lui voulez ?

— Disons qu'il s'agit d'une histoire de famille. Il est très important que j'arrive à la joindre. D'ailleurs, il pourrait y avoir une jolie récompense pour toute personne m'aidant à retrouver sa piste.

Quel que soit le montant de la récompense, Steve n'aurait jamais livré Janice à cet antipathique personnage. Il jeta un coup d'œil à sa montre.

— Si vous voulez bien m'excuser...

Claybrook s'écarta pour le laisser passer. Steve marcha jusqu'à sa voiture sans se retourner, mais il sentit peser le regard de l'individu sur sa nuque jusqu'à ce qu'il ait quitté le parking.

Le jeune homme parvint chez lui une demi-heure plus tard, après s'être assuré qu'il n'était pas suivi. Un brin de paranoïa, sans doute, mais la sécurité du bébé était à ce prix.

Au premier regard qu'il jeta à Carla, Steve comprit qu'elle en avait bavé. S'il avait eu la même tête le matin, il ne s'étonnait plus qu'elle ait deviné son calvaire nocturne ! Le bébé était installé contre son épaule, et la jeune femme arpentait le couloir. Son T-shirt bleu pâle était à présent chiffonné.

— Audrey ne veut pas que je la pose, se plaignit-elle dès qu'elle aperçut le maître des lieux. Voilà plus d'une heure que je fais les cent pas dans ce couloir !

La première pensée de Steve fut qu'il devrait réconforter Carla en la prenant dans ses bras. Peut-être même se laisserait-il aller à un autre baiser — voire deux ! Mais sachant que la jeune femme n'apprécierait pas sa conduite, il se borna à lui offrir un peu de commisération.

— Ma pauvre amie ! Vous devez être épuisée. J'ai fait la même chose, hier soir, et j'étais à bout de forces.

— Oui. Je commence à avoir des crampes dans les bras.

— Donnez-la-moi, ça ira mieux.

Steve prit le bébé et se mit à le bercer.

— Que s'est-il passé ? voulut-il savoir.

— Eh bien, j'ai d'abord essayé d'asseoir Audrey sur son siège pour qu'elle puisse me regarder travailler. Hélas, elle a carrément refusé. Alors, je l'ai recouchée dans son couffin en me disant qu'elle se lasserait vite de pleurer. J'ai résisté vingt bonnes minutes avant de me déclarer vaincue : je n'en pouvais plus de l'entendre hurler ! En fait, elle ne se calme que lorsqu'on la porte.

— Elle a peut-être besoin de sécurité parce qu'elle sent que sa mère n'est pas là. Mais j'ai peur que nous lui donnions de mauvaises habitudes en la prenant dans les bras tout le temps.

— Je me demande si nous ne devrions pas lui laisser une tétine. Je ne sais pas ce qu'en penserait sa maman, mais ce bébé a manifestement besoin de quelque chose qui l'apaiserait.

— L'idée n'est pas mauvaise, concéda Steve, mais je préférerais que nous attendions encore un peu. Qui sait si Janice ne va pas sonner à la porte dans l'heure qui vient ?

— Vous avez raison, admit Carla en se massant le front. C'est juste qu'après une journée comme aujourd'hui, je serais prête à essayer n'importe quoi pour calmer Audrey. Qui aurait cru qu'une fillette de cette taille pouvait s'exprimer de façon aussi véhémente?

Le jeune homme se mit à rire et tapota Audrey dans le dos.

— Elle ne se laisse pas faire, et elle n'a pas tort!

A ce moment-là, Carla pencha la tête sur le côté et fixa Steve comme si elle venait seulement de s'apercevoir d'un détail.

— Vous, quelque chose vous chiffonne. Est-ce que vous avez eu des nouvelles de Janice?

Décidément, elle lisait en lui comme dans un livre!

— Pas vraiment. Mais il y a un élément nouveau qui m'inquiète.

— J'en étais sûre! Cette affaire va nous sauter à la figure et...

— Carla! la coupa-t-il avec un petit sourire. Allons dans la cuisine, d'accord? Je vais tout vous raconter mais je meurs de soif.

Dix minutes plus tard, Steve avait presque vidé sa canette de soda et la jeune femme n'ignorait plus rien de sa rencontre avec Claybrook.

— Vous pensez que cet homme pourrait être le père du bébé? l'interrogea-t-elle.

— Je ne crois pas. Il a au moins vingt-cinq ans de plus que Janice et je n'ai pas eu l'impression qu'il la connaissait personnellement. Je dirai plutôt qu'il essaie de la retrouver pour le compte d'une tierce personne.

Les yeux de la jeune femme s'écarquillèrent.

— Ce serait un professionnel? Quelqu'un qu'on aurait payé pour faire du mal à Janice?

Steve ne prit pas cette hypothèse au sérieux.

— Allons, recommanda-t-il d'un ton plutôt amusé, ne vous laissez pas emporter par votre imagination!

— Mais si Janice vous a supplié de protéger son bébé, c'est peut-être parce qu'elle a des problèmes avec la mafia, ou une organisation similaire.

A ces mots, Steve ne put s'empêcher de pouffer de rire.

— Je crois que vous allez trop loin, Carla chérie ! Je ne vois pas ce que ferait la mafia dans cette ville où l'alcool et le jeu sont prohibés et où il n'y a plus personne dans les rues après 22 heures.

Vexée, la jeune femme fit front.

— S'il n'y a personne dans les rues, c'est peut-être à cause de tripots clandestins où l'on sert de l'alcool de contrebande ! Et, de toute façon, ni vous ni moi ne savons ce que faisait Janice avant de travailler chez nous.

— J'admets qu'elle semble se cacher, et je n'aime pas ce type qui est à sa recherche. Cela étant, imaginer des scénarios ne nous avancera à rien.

Audrey fit l'un de ses drôles de bruits et s'agita dans les bras de Steve. Il la changea de position en se disant qu'en effet, elle ne restait jamais tranquille très longtemps. En face de lui, Carla avait repris son air préoccupé. Elle mit soudain les coudes sur la table, posa le menton sur ses poings et se pencha en avant.

— Qu'allons-nous faire, maintenant ?

— Vous m'avez dit que vous aviez des courses à faire. N'hésitez pas à y aller.

— Ce n'est pas ce que je veux dire, rétorqua-t-elle d'un ton agacé. Qu'allons-nous faire à propos de Janice et du bébé ? Il y a des éléments nouveaux. Ne croyez-vous pas qu'il est temps d'appeler la police ?

Steve contempla pensivement la jeune femme. En fait, il avait encore moins envie de prévenir la police que lorsqu'ils avaient découvert le bébé. L'idée que quelqu'un essayait d'intimider l'une de ses employées ne lui plaisait déjà pas, et il s'en était fait une affaire personnelle. S'y ajoutait maintenant ce Claybrook, individu pour le moins patibulaire. Enfin, il éprouvait un certain attachement pour Audrey et il n'allait pas la livrer à des fonctionnaires avant d'avoir fait tout ce qui était en son pouvoir pour les aider, elle et sa mère.

— Pas de police, déclara-t-il enfin.

— Et votre ami détective ?

Oui, face au boxeur à la retraite, il était sans doute temps que Blake intervienne. Lui seul était capable de dénicher Janice.

— Je vais essayer de le contacter. Il ne refusera pas de nous prêter main-forte.

— Et, euh... êtes-vous bien sûr que ce Claybrook ignore qu'Audrey est chez vous ?

— Je vous ai dit qu'il n'avait pas mentionné le bébé.

— Vous allez encore m'accuser d'avoir trop d'imagination, mais ne craignez-vous pas qu'il vous ait suivi jusqu'ici ?

— Impossible. J'ai gardé un œil sur le rétroviseur pendant toute la durée du trajet.

— Ah ! Vous admettez donc y avoir pensé.

Steve opina du chef.

— En effet. Cela me navre, mais je dois avouer que j'ai considéré cette éventualité.

— De toute façon, fit valoir Carla, il peut aussi bien trouver votre adresse sur l'annuaire. A moins que vous ne soyez sur liste rouge ?

— Pourquoi voulez-vous que j'y sois ? Je n'ai jamais eu de problème d'appels anonymes. Et vous, au fait, pour quelle raison vous êtes-vous mise sur liste rouge ?

— Une question de prudence. N'oubliez pas que je vis seule.

— Justement ! Comment un célibataire intéressé par vos... qualités peut-il vous contacter ?

La jeune femme le dévisagea sans aménité.

— Lorsque je souhaite que quelqu'un m'appelle, je lui donne mon numéro.

Steve se fendit d'un large sourire.

— Je sais. Il est gravé dans ma mémoire.

— Ce n'est pas...

Carla s'interrompit et secoua la tête en soupirant.

— Arrêtez de me faire marcher et parlons plutôt de choses sérieuses ! Vous êtes donc dans l'annuaire. Que se passera-t-il si cet homme...

— Carla, nous n'avons aucune raison de penser que Claybrook va chercher à me localiser. Pour lui, je suis un ex-employeur de Janice, rien de plus.

Elle se mordilla pensivement la lèvre inférieure.

— Je crois vraiment que vous devriez contacter votre ami. Je m'inquiétais déjà pour Janice mais, à présent, je reconnais que je commence à paniquer.

Touché par cet aveu, Steve fixa un instant la jeune femme avant de se lever, bébé sur le bras, et de faire le tour de la table. Parvenu près de Carla, il lui passa la main dans les cheveux en un geste à la fois tendre et rassurant. Comme elle ne le rejetait pas, il recommença, pour le simple plaisir que cela lui procurait.

— Je veille au grain, Carla chérie. Ne craignez rien.

Immédiatement, il la sentit qui se tendait.

— Ce n'est pas pour moi que j'ai peur. C'est pour Janice, et surtout pour Audrey.

— Eh bien, tranquillisez-vous. Je ferai en sorte qu'aucune des deux ne souffre de cette affaire.

La jeune femme lui jeta un regard sceptique. En la voyant si absorbée par ses pensées, il comprit qu'elle ne s'était même pas rendu compte de ses caresses. Il réprima alors un sursaut d'amour-propre et savoura l'humble bonheur d'être près d'elle pour encore quelques minutes.

Finalement, il se résolut à la voir partir.

— Allez faire vos courses, Carla. C'est à mon tour de m'occuper du bébé.

Elle hocha lentement la tête.

— Oui, je vais y aller. Mais je reviendrai plus tard vous apporter du lait maternisé et de quoi dîner. J'ai cru remarquer qu'avec Audrey, il n'était pas facile de se préparer quelque chose à manger.

Steve faillit lui dire que ce n'était pas la peine, qu'il

pouvait toujours commander une pizza, par exemple. En fin de compte, il ne put résister à l'idée de passer la soirée du samedi en si douce compagnie.

— Votre sollicitude me comble, Carla chérie. Je vous revaudrai ça.

En la raccompagnant jusqu'au perron, il s'aperçut que la jeune femme balayait la rue d'un regard vigilant. Le fait qu'un inconnu recherche Janice l'avait visiblement ébranlée. Cela étant, et quoi qu'il en dise, lui-même n'était pas tranquille.

— Merci pour votre aide, Carla. A tout à l'heure.

Il se pencha vers elle dans l'espoir de lui voler un autre baiser, mais cette fois-ci elle ne se laissa pas surprendre. Elle s'écarta avant qu'il la touche, et il lui sembla lire un brin d'ironie dans le regard de menace qu'elle lui décochait.

— A tout à l'heure, lança-t-elle en écho.

Steve poussa un soupir résigné et la laissa partir sans autre commentaire.

Lorsqu'il fut seul avec Audrey, il s'adressa à elle d'un ton enjoué.

— Je connais une petite fille qui va rester bien sagement sur son siège pendant que Steve passe un ou deux coups de fil.

Dès qu'il l'eut assise, Audrey, manifestement scandalisée, se mit à trépigner et à pleurer sous le regard vite excédé de son bienfaiteur. Mais à l'instant où Steve s'avouait battu et se résignait à la reprendre dans ses bras, le bruyant bout de chou s'endormit entre deux vagissements. Steve resta un moment immobile puis, quand il fut évident qu'elle dormait réellement, partit à pas de loup vers la cuisine, où il pourrait téléphoner sans la déranger.

Une fois ses courses terminées, Carla passa par son appartement pour y déposer quelques paquets, arroser ses plantes et mettre une lessive en route. En enfournant son linge dans la machine, elle se félicita — par une association d'idées qu'elle-même trouva amusante — d'avoir pensé à acheter du savon pour bébé. En effet, pour autant qu'elle le sût, ni elle ni Steve n'avaient eu le courage, jusqu'à présent, de donner un bain à Audrey, et il allait bien falloir s'y résoudre.

Il était presque 18 heures quand la jeune femme, après avoir pris son sac à main, se dirigea vers la porte. Le temps de s'arrêter pour acheter quelque chose à manger, calcula-t-elle, Steve serait prêt à se mettre à table quand elle arriverait chez lui. Dans la mesure où il prenait soin du bébé, il était bien normal qu'elle l'aide un peu, se convainquit-elle. Et même s'il avait eu tort de ne pas prévenir la police, il fallait vraiment qu'il ait du cœur pour s'impliquer à tel point dans cette affaire. Quel autre homme, en effet, se serait senti responsable du bébé d'une femme qu'il connaissait à peine ?

Carla s'apprêtait à ouvrir la porte quand le téléphone se mit à sonner. Elle se hâta d'aller décrocher avant que le répondeur se mette en marche.

— Carla Jansen ? demanda une voix inconnue.

— Moi-même.

— Je m'appelle Walter Park et je suis à la recherche d'une jeune femme qui a fait partie de votre personnel. Son nom est Janice Gibson.

Autour du combiné, les phalanges de Carla blanchirent aux jointures.

— Comment vous êtes-vous procuré mon numéro ? Je suis sur liste rouge.

— L'un de vos collaborateurs me l'a donné. Croyez que je suis navré de vous déranger, mais je dois absolument entrer en contact avec Mlle Gibson. C'est au sujet d'un héritage très conséquent. Elle sera ravie d'entendre ce que j'ai à lui apprendre.

Ce type voudrait lui vendre une maison sur la lune

qu'il ne s'y prendrait pas autrement! Elle ne croyait pas un mot de ce qu'il disait.

— Je suis désolée mais je ne peux vous aider, monsieur, euh... Park, n'est-ce pas?

Pourquoi lui donnait-il un nom différent de celui qu'il avait donné à Steve? se demanda-t-elle anxieusement.

— Mlle Gibson nous a quittés sans préavis, poursuivit-elle, aussi bien moi-même que mon concurrent, Lockhart Air Service.

« Comme vous le savez déjà », faillit-elle ajouter.

— Et aucun de vous deux ne sait où elle est?

— Non. Mais je peux vous dire que nous ne sommes pas du tout satisfaits de la manière dont elle nous a laissés tomber.

— Si toutefois vous avez de ses nouvelles...

— Je ne veux pas en avoir. Et je vous prie de ne plus m'importuner. Adieu, monsieur!

La jeune femme raccrocha brutalement.

Ce n'est qu'à ce moment-là qu'elle se rendit compte que son cœur battait la chamade.

— Oh, mon Dieu! murmura-t-elle.

Elle se précipita alors vers la porte. Il fallait absolument qu'elle retrouve Steve au plus tôt.

5.

La première chose que Carla remarqua lorsque Steve lui ouvrit, c'est que le bébé n'était pas avec lui. Au comble de l'anxiété, elle saisit le bras de Steve et scruta intensément son regard en quête d'un signe rassurant.

— Où est Audrey ?

— Où voulez-vous qu'elle soit ? Dans son couffin, bien sûr. Elle vient de finir son biberon et je l'ai bercée jusqu'à ce qu'elle s'endorme. Mais que vous arrive-t-il ? On dirait que vous avez vu un fantôme !

Pour la première fois depuis qu'elle était partie de chez elle, Carla inspira profondément, consciente d'avoir cédé momentanément à la panique. Elle ne lâcha pas pour autant le bras de Steve. La force qu'elle sentait à travers le tissu de sa chemise la rassurait, la réconfortait, même si elle avait du mal à l'admettre.

— Il m'a appelé chez moi, Steve. Juste avant que je vienne ici.

Les paupières du jeune homme se plissèrent.

— De qui parlez-vous ?

— Claybrook, le type que vous avez rencontré sur le parking. Sauf qu'il a prétendu se nommer Park.

Steve la fit entrer et referma la porte. Lorsqu'il couvrit sa main de la sienne, Carla ne protesta pas. Dans l'état où elle se trouvait, ce contact l'apaisait.

— Que vous a-t-il dit ? voulut-il savoir.

— Il m'a posé les mêmes questions qu'à vous : où était Janice, comment la contacter... Il m'a raconté qu'il cherchait à lui faire savoir qu'elle venait de recevoir un joli héritage.

— Un héritage ? Voilà qui est nouveau !

— Je ne l'ai pas cru, Steve. Je lui ai répondu que Janice nous avait quittés sans préavis et je lui ai fait comprendre que son départ nous avait mis dans le pétrin. J'ai affirmé que je ne voulais plus entendre parler d'elle et je lui ai raccroché au nez.

Steve eut un petit sourire.

— Je vous entends d'ici ! Vous avez dû utiliser ce ton cassant qui vous va si bien.

Pour une fois, la jeune femme ne se vexa pas.

— J'ai essayé, murmura-t-elle.

— Je suis sûr que vous l'avez convaincu. D'ailleurs, il n'avait aucune raison de ne pas vous croire.

— Ce type avait une voix si froide que j'en tremble encore ! Quand je pense que j'ai pris la peine de me mettre sur liste rouge...

— Oui, mais aujourd'hui, quelqu'un d'assez doué en informatique peut se débrouiller pour obtenir n'importe quel numéro. Et puis, il y a toujours la manière traditionnelle : certaines personnes savent très bien faire parler les gens naïfs.

— Il m'a dit qu'il avait eu mon numéro par l'un de mes collaborateurs. Mais, honnêtement, je ne vois pas quelle personne parmi celles avec qui je travaille aurait donné ce genre d'information à un inconnu... Toujours est-il que, s'il a fouiné autour de l'aérodrome, il a dû apprendre que Janice était enceinte lorsqu'elle a disparu.

— C'est vrai, concéda Steve. Cela étant, je ne vois pas comment cet individu pourrait se douter que Janice nous a confié son bébé, puisque personne n'est au courant. Je ne tiens pas compte de Madelyn et de Bart, bien entendu, en qui j'ai une confiance absolue. D'ailleurs, je les ai eus tous deux au bout du fil, aujourd'hui, et nous sommes convenus que la plus totale discrétion s'imposait.

Clara pensa que cette histoire finirait par lui donner un ulcère. Elle pressa sur son estomac dans l'espoir de défaire le nœud d'angoisse qui la tourmentait.

— Et s'il y avait effectivement une raison légitime à cette recherche ? avança-t-elle. Si Janice avait réellement hérité ou que sa famille ait décidé de lui venir en aide ?

— Nous verrons bien. Mais que Claybrook travaille ou non pour la famille Gibson, je vous ferai remarquer que, jusqu'à présent nous n'avons pas menti. Nous ne savons vraiment pas où se trouve Janice, ni comment la contacter.

Tout cela ne tranquillisa pas Carla. Quoi que Steve pût dire, lui et elle étaient plongés dans cette affaire jusqu'au cou et Dieu savait comment ils s'en sortiraient. Quant à Audrey, c'était tout simplement son avenir qui se jouait.

A ce moment-là, comme en réponse aux sombres pensées de la jeune femme, la petite fille se mit à vagir dans son couffin.

— Je m'en occupe, assura-t-elle aussitôt, heureuse de pouvoir penser à autre chose. J'ai laissé deux ou trois paquets sur le siège arrière. Pouvez-vous aller les chercher ?

Steve prit les clés qu'elle lui tendait et sortit. Carla se hâta alors de se rendre dans la chambre de Steve, où Audrey, paupières serrées et visage congestionné, hurlait à pleins poumons. Avec précaution, la jeune femme glissa les mains sous le corps du bébé et le souleva dans ses bras.

— J'ai toujours soutenu qu'une femme devait s'imposer pour réussir, murmura-t-elle en tapotant le nouveau-né dans le dos, mais là, je crois que tu exagères !

En réponse, la minuscule fillette fit un rot retentissant.

— Si ça peut te calmer, ne te gêne surtout pas ! sourit Carla.

Elle emporta l'enfant dans la cuisine, où Steve était en train d'inventorier ses achats.

— On dirait que vous avez pensé à tout ! s'exclama-t-il en exhibant une brosse à cheveux rose.

— C'est-à-dire... Je crois qu'il faudrait lui donner un bain, après dîner.

Sitôt ce mot prononcé, elle se mordit la lèvre avec une moue inquiète.

— Le dîner ! Ce maudit coup de fil m'a fait oublier le dîner !

Steve l'apaisa d'un sourire.

— Pas de problème ! Si vous vous chargez de donner son biberon à Audrey, je m'occupe de l'intendance.

Carla lui retourna un sourire reconnaissant.

— C'est un plan qui ne me déplaît pas.

— Parfait. Vous voulez quoi ?

— Oh, votre choix sera le mien. Ce soir, je ne serai pas difficile à satisfaire.

Le sourire du jeune homme s'élargit.

— Pour votre propre sécurité, vous devriez éviter ce genre d'aveu.

En dépit des fossettes qui la troublaient, la jeune femme parvint à ne pas détourner le regard.

— Je vous ai déjà recommandé de ne pas rêver, Lockhart.

Il se rapprocha et son expression devint tout d'un coup plus sérieuse.

— Je ne serai pas long, Carla. Est-ce que ça ira ?

Elle comprit qu'il faisait allusion à l'anxiété dont elle avait fait preuve en arrivant chez lui. Cette attention la toucha plus qu'elle ne voulait l'admettre.

— Cela ira, Steve. Ce coup de fil m'avait déstabilisée, mais je m'en suis à peu près remise.

— Tant mieux, se réjouit-il en lui caressant légèrement la joue. Surtout, ne bougez pas, je reviens tout de suite.

Il allait falloir qu'il arrête ses caresses, soupira la jeune femme quand Steve fut sorti. Son corps tout entier vibrait encore du simple contact de la main de Steve et, à ce rythme, elle ne pourrait plus le considérer très longtemps comme un adversaire.

70

Audrey la tira de son envoûtement par un bruit qui paraissait traduire un amusement moqueur.

— Tu as raison, murmura Carla. Je suis stupide. Allons plutôt te donner à manger.

La jeune femme ne commença à se décontracter que lorsqu'elle se fut installée avec le bébé dans le fauteuil à bascule. Le silence régnait dans le salon, troublé par les petits bruits de succion que produisait Audrey. Lorsque Carla la serra tendrement, la petite fille riva ses grands yeux bleus aux siens et suspendit soudain son repas, comme pour mieux examiner cette grosse tête qui la surplombait. Au bout d'un moment, elle se remit à téter mais ne détourna pas le regard.

Emue, la jeune femme finit par se demander ce que serait sa vie si Audrey était son enfant. Son instinct maternel, réprimé jusqu'alors, lui demandait des comptes, et elle prit conscience qu'il y avait quelque chose de très doux et de profondément touchant dans la confiance aveugle que lui témoignait ce bébé. Le désir ardent de fonder une famille l'étreignit sans crier gare.

Carla toucha la paume d'Audrey et sourit quand les doigts minuscules se refermèrent sur le sien. Combien de ces instants magiques Janice allait-elle rater?

— Nous retrouverons ta maman, mon petit cœur, promit-elle.

Quelques minutes plus tard, la jeune femme fut surprise d'entendre sonner à la porte. Steve avait la clé et, à moins d'avoir les mains prises... Le bébé dans les bras, elle se dirigea vers l'entrée sans parvenir à dominer son appréhension. Par bonheur, un coup d'œil par le judas suffit à la soulager.

— Bonsoir, Bart, lança-t-elle en ouvrant la porte.

Le colosse haussa des sourcils aussi roux que touffus.

— Hey! Salut, Carla! J'étais loin de m'attendre à vous trouver ici. Alors, on pactise avec l'ennemi?

La jeune femme se mit aussitôt sur la défensive.

— Je me contente de donner un coup de main à Steve. A

cause du bébé. Il est allé chercher de quoi dîner. Entrez, il ne devrait plus tarder.

Elle s'écarta pour laisser passer l'impressionnant rouquin et referma la porte. Quand elle se retourna, Bart approcha un doigt timide d'Audrey et la chatouilla sous le menton.

— Comment va notre petite demoiselle ?

— Elle affirme sa personnalité.

Le géant se mit à rire.

— Si l'on considère chez qui elle vit, ce bout de chou n'a pas tort !

— Je vous informe que, jusqu'à présent, elle n'a pas à se plaindre de nos soins.

A ces mots, Bart considéra Carla avec une ironie manifeste.

— Nos soins ? railla-t-il. Je n'aurais jamais cru qu'un jour, vous feriez équipe avec Steve !

— Seulement le temps de régler cette affaire, marmonna-t-elle en le foudroyant du regard.

Si Steve pouvait se montrer agaçant, Bart, quant à lui, était souvent insupportable !

Le visiteur reprit soudain son sérieux.

— Des nouvelles de Janice depuis hier soir ?

Carla se souvint que Steve lui avait dit avoir téléphoné à ses collaborateurs.

— Non. Et vous, avez-vous découvert un indice quelconque ?

— Rien du tout. J'ai contacté pas mal de gens, mais personne ne la connaît. Même ses voisins ont du mal à se souvenir d'elle : ils ne la voyaient pratiquement jamais. Elle payait son loyer en espèces puisque, apparemment, elle n'avait pas de compte en banque... Bref, elle semble avoir disparu de la surface de la terre.

Bart se tut un instant, l'air pensif.

— Pour tout vous dire, reprit-il, je commence à croire que vous aviez raison. Nous aurions dû prévenir la police.

Carla abaissa le regard vers le bébé qui la fixait de ses grands yeux.

— Peut-être. Mais ce serait beaucoup plus difficile de le faire maintenant.

Le colosse opina du chef, l'air légèrement surpris, comme si cette marque d'humanité lui faisait voir la jeune femme sous un nouveau jour. Puis, il se fourra brusquement les mains dans les poches, tandis que son expression se faisait grave.

— Cet après-midi, à l'aérodrome, j'ai été abordé par un type qui voulait savoir où était Janice.

Carla sentit son estomac se nouer de nouveau.

— Il vous a donné son nom ?

— Park. J'ai oublié le prénom.

— Walter ?

Bart hocha la tête.

— C'est ça. Vous le connaissez ?

— Il m'a appelée chez moi, tout à l'heure. Est-ce vous qui lui avez donné mon numéro ?

Le géant haussa ses impressionnantes épaules.

— Je n'ai pas votre numéro.

« Au temps pour moi », pensa la jeune femme.

— Et vous a-t-il dit pourquoi il recherchait Janice ?

— Il m'a raconté qu'il travaillait pour la famille Gibson, mais je n'ai pas su si je devais le croire.

— Moi, je ne l'ai pas cru du tout, avoua Carla.

— Bon sang, cette affaire n'est pas nette ! Je n'aime pas l'idée que quelqu'un en veuille peut-être à Janice au point de la blesser physiquement. Et je ne sais que faire pour lui venir en aide.

— Moi non plus, Bart.

La porte s'ouvrit brusquement, et tous deux se retournèrent d'un même mouvement. Steve parut, un sac odorant à la main, et les fixa d'un air étonné.

— Quelles têtes vous faites ! On dirait que je vous ai surpris.

— Un petit peu, seulement, précisa Carla. Bart était en train de me raconter l'entretien qu'il avait eu avec Park, cet après-midi.

Steve se tourna vers son pilote avec une grimace.

— Il t'a dit qu'il s'appelait Park?

— Oui. Walter Park. Un gars propre sur lui, avec les cheveux gris et un regard d'acier. Il m'a cuisiné pour savoir où était Janice, puis il m'a demandé si l'un de vous deux serait au courant de ses déplacements. Je lui ai répondu que vous n'en saviez pas plus que moi, et il a dû voir que je ne mentais pas puisqu'il est parti sans traîner.

— Tu as bien dit qu'il avait les cheveux gris? intervint Steve.

— Ouais.

— Le type que j'ai vu ce matin avait les cheveux bruns, plaqués en arrière. Nez cassé, cou de taureau, allure de boxeur...

Le colosse écarquilla les yeux.

— Ce n'est pas lui. Le mien avait plutôt l'air d'un banquier. Mince, bien habillé... D'apparence respectable, tu vois? C'est son regard que je n'ai pas aimé.

Carla sentit ses jambes se dérober sous elle. Elle s'adossa au mur.

— Mon Dieu, ils sont donc deux!

— Cela en a tout l'air, acquiesça Steve.

— Tu crois qu'ils travaillent pour les mêmes personnes? demanda Bart.

Son patron haussa les épaules, manifestement préoccupé.

— Je n'en ai pas la moindre idée. Pour autant que nous le sachions, il se pourrait même qu'ils œuvrent dans l'intérêt de Janice. Mais j'en doute fort. Sa voix tremblait, hier soir, quand elle a téléphoné, comme si elle redoutait quelque chose — ou quelqu'un.

— Ce qui signifie, conclut Bart, que ces types sont peut-être dangereux.

Il commença à se diriger vers la porte.

— Je vais passer chez Madelyn vérifier que personne ne l'importune. Prévenez-moi s'il y a du nouveau.

— Tu ne veux pas dîner avec nous? Il y a largement assez pour trois.

— Non, merci. Je grignoterai quelque chose plus tard.

Sur un geste d'adieu, il sortit.

— Quel homme bizarre! déclara Carla, yeux fixés sur la porte fermée.

— J'avoue qu'il est un peu excentrique, mais il a un cœur d'or. Comment va Audrey?

— Elle commence à somnoler. J'espère qu'elle va nous laisser dîner tranquillement.

— Je vais installer le couffin dans la cuisine. Elle se sentira moins seule.

Carla acquiesça avec un sourire, s'efforçant de faire bonne figure. Pourtant, elle ne pouvait empêcher son imagination de lui souffler que les hommes lancés sur les traces de Janice étaient des tueurs, et cette idée lui coupait l'appétit.

Un moment plus tard, Steve l'appela de la cuisine.

— Tout est prêt, ici. Voulez-vous essayer de coucher Audrey?

La jeune femme le rejoignit aussitôt et déposa précautionneusement la petite fille dans le couffin. A son grand soulagement, elle poussa un soupir ensommeillé et parut satisfaite de retrouver son lit.

— Vous vous en sortez à merveille, commenta le maître des lieux qui n'avait rien perdu de l'opération. Vous n'avez jamais songé à avoir des enfants?

— Disons que cela figure sur la liste des choses que je prévois de faire un jour, rétorqua-t-elle d'un ton léger.

Il n'était pas dans ses intentions de se lancer dans une conversation intime avec Steve, et ce dernier avait manifestement compris le message puisqu'il n'insista pas.

— J'espère que vous aimez la cuisine chinoise? s'inquiéta-t-il.

Carla avait reconnu le sac que le jeune homme portait en arrivant. Le nom du meilleur traiteur chinois de la ville s'en détachait en lettres d'or.

— Je l'adore, répondit-elle. Surtout quand elle vient de chez Sam Wing.

— Alors, vous allez être comblée.

Comme il ne savait pas ce qu'elle aimait, Steve avait pris un peu de tout. Mais un régiment n'aurait pas suffi pour finir les plats qu'il avait disposés sur la table !

Quand elle lui fit part de sa remarque, il se borna à hausser les épaules.

— Au moins, j'aurai des restes pour mon petit déjeuner.

A l'idée qu'on pouvait manger chinois au saut du lit, Carla fronça le nez de dégoût. Mais une seule bouchée de poulet *kung pao* suffit à la faire changer d'avis. C'était un tel régal qu'on pouvait bien s'en délecter à n'importe quel moment de la journée !

Ils mangèrent en silence pendant quelques minutes, tous deux perdus dans leurs pensées. Enfin, Steve interrompit la rêverie dans laquelle s'était abîmée la jeune femme.

— Parlez-moi de vous, Carla.

Surprise, elle le dévisagea par-dessus la table.

— Que voulez-vous dire ?

— Je croyais que ma phrase se passait d'explications ! répondit-il avec un petit sourire. Je veux juste vous connaître un peu mieux.

Curieusement, ce n'est qu'à cet instant que Carla prit conscience d'un détail important : Audrey exceptée, ils étaient seuls dans la maison. Elle se demanda pourquoi cette constatation toute simple venait la troubler au moment du repas. Avait-elle été trop occupée, ou trop distraite, pour s'en rendre compte auparavant ? Ou y avait-il plutôt quelque chose de différent dans la façon dont Steve la regardait à présent ? Une étincelle dans ses yeux noirs qui faisait de lui un homme, et non plus un rival ?

— Pour quelle raison ? demanda-t-elle en réprimant un émoi naissant.

Il soupira.

— Ne mettez-vous donc jamais votre méfiance entre

parenthèses ? Nous sommes là, tous les deux, à nous inquiéter pour Janice et Audrey alors qu'il n'y a rien que nous puissions faire pour l'instant. Essayons au moins d'égayer notre dîner en discutant de choses et d'autres !

Bon, pensa Carla. Steve avait sans doute raison de la remettre à sa place ; elle en avait trop fait. Ils n'étaient pas dans un couvent de carmélites pour manger en conservant un silence ecclésiastique ! D'ailleurs, si elle ne se sentait pas à l'aise, seule avec lui, c'était à elle de régler son problème...

— Pardonnez-moi, s'excusa-t-elle enfin. Cette histoire m'a mise sur les nerfs.

— Rien de plus naturel après ce que nous avons vécu aujourd'hui, reconnut Steve. Alors, de quoi allons-nous parler ?

— Que voulez-vous savoir ?

— Tout ce que vous voudrez bien me confier. Par exemple, rêviez-vous depuis toujours de prendre les rênes de J.C.S. ?

Voila un sujet qui ne le regardait pas, se dit la jeune femme. Elle se mit pourtant à répondre sans ressentir aucune contrainte.

— Pas vraiment, non. En fait, je suis en quelque sorte tombée là-dedans quand la maladie de mon père ne lui a plus permis de faire face seul aux responsabilités de son poste. Nous avons donc mené la société de concert pendant les derniers mois de sa vie, et, comme vous le savez, je lui ai succédé à sa mort, voilà déjà un an.

— Mais que faisiez-vous, avant de venir prêter main-forte à votre père ?

— J'ai fait une licence en comptabilité, parce que c'est une matière concrète.

Une suggestion de son père, en réalité, mais Steve n'avait pas à le savoir.

— Par la suite, j'ai travaillé quelque temps dans ma spécialité puis j'ai décidé de faire des études de droit.

C'était son père, encore une fois, qui lui en avait soufflé l'idée.

— J'en étais au milieu de ma troisième année quand mon père est tombé malade.

Steve eut l'air stupéfait.

— Vous voulez dire que vous avez abandonné vos études à ce niveau?

— Il le fallait bien. Mon père avait besoin de moi.

De toute façon, le droit ne l'avait jamais passionnée.

Le jeune homme se remit à manger en silence, l'examinant par-dessus la table jusqu'à ce que, embarrassée par son regard, Carla baisse les yeux sur son assiette.

— Mais pourquoi n'avez-vous pas vendu l'affaire après la disparition de votre père? demanda-t-il au bout d'un moment. Pas mal de gens ont été surpris que vous repreniez le flambeau.

— Mon sens de la fidélité familiale. Essayez de comprendre : mon grand-père avait créé J.C.S., mon père avait consacré sa vie à agrandir l'entreprise... Avant sa mort, il m'avait d'ailleurs demandé de poursuivre son œuvre.

Bien sûr, ce n'était que l'une des raisons pour lesquelles la jeune femme n'avait pas vendu. Mais elle n'allait pas raconter toute l'histoire à son concurrent.

— Si je comprends bien, ce n'était pas précisément ce à quoi vous...

— Peut-être, le coupa-t-elle un peu trop brusquement. Mais j'ai appris à aimer mon travail et je pense que je l'accomplis plutôt mieux que ce que certains oiseaux de malheur l'avaient prédit.

Carla attendait toujours des excuses, par exemple, du comptable de J.C.S., qui avait clamé haut et fort qu'une femme mettrait la société en faillite en moins de six mois.

— Je suis convaincu que vous réussiriez dans n'importe quel domaine, affirma Steve. Il me semble pourtant...

La jeune femme le fit taire d'un regard.

— Si vous croyez que je vais fermer boutique pour que vous puissiez récupérer mes clients...

Le rire chaleureux et profond du jeune homme lui fit courir un frisson dans son dos.

— Je n'ai jamais rencontré personne d'aussi méfiant! Nous ne faisons rien d'autre que discuter. Je n'essaie pas de vous soutirer des secrets pour m'emparer de votre affaire!

Cette fois, la jeune femme refusa de céder.

— Ce serait pourtant bien de vous! lança-t-elle avec un regard de défi.

— Je vous ai déjà dit que je vous aimais aussi, Carla chérie.

Steve Lockhart savait décidément s'y prendre pour lui taper sur les nerfs! En fait, il adorait qu'elle se hérisse et, par malheur pour elle, Carla se laissait trop souvent prendre au piège. Consciente de l'air ironique avec lequel il l'observait, la jeune femme prit une profonde inspiration et se força à s'exprimer calmement.

— Bon, si nous parlions un peu de vous, pour changer? Je vous retourne la question : est-ce la chose que vous avez toujours eu envie de faire?

— Dîner avec vous? Eh bien, je dois admettre que j'en rêvais depuis...

— Le transport aérien! précisa-t-elle entre ses dents serrées. Je vous demande si vous avez toujours voulu vous lancer dans le transport aérien!

— Oh, excusez-moi! Je ne vous avais pas comprise.

Steve mentait, bien entendu. Elle pouvait lire son amusement dans son beau regard.

— En fait, poursuivit-il, j'ai voulu devenir pilote dès l'âge de sept ans, après mon premier voyage en avion. Aucun autre métier ne m'a jamais tenté. Et, euh, dans la mesure où je suis trop indépendant de caractère pour travailler dans une compagnie aérienne, j'ai décidé de monter ma propre entreprise. Comme je n'avais pas le sou, ça n'a pas été simple. J'ai dû donner des cours de pilotage, à Dallas, jusqu'à ce qu'une banque accepte de financer mon projet. C'était il y a deux ans et demi, et je n'ai jamais regretté une seconde de m'être mis à mon compte.

— D'autant que cela vous donne l'occasion de me harceler, n'est-ce pas?

Le sourire qu'il lui décocha était presque complice.

— J'avoue que je ne m'en lasse pas, en effet.

— Mais pourquoi vous être installé ici, plutôt qu'à Dallas?

— C'est ici que mon père a passé son enfance et il y est souvent revenu, plus tard, avec nous. J'aime cette région. Dallas est saturé de transporteurs aériens et, quand j'ai dû décider de mon implantation, mon choix s'est tout naturellement porté sur cette ville.

Carla se tapota la commissure des lèvres avec sa serviette en papier.

— J.C.S. desservait parfaitement cette région bien longtemps avant votre arrivée.

— Et alors? demanda-t-il doucement. Etes-vous opposée à la libre concurrence? J'espère tout de même que vous ne prêchez pas en faveur d'un monopole?

La jeune femme ouvrit la bouche pour lancer une réplique cinglante mais se souvint à temps qu'il ne cherchait qu'à l'appâter. Lorsqu'il se rendit compte qu'elle n'irait pas plus loin dans ce débat, Steve haussa légèrement les épaules et passa à un autre sujet.

— Vous n'avez pas votre brevet de pilote, n'est-ce pas?

Carla se raidit. Il s'agissait là d'une critique qu'on lui faisait fréquemment mais qui, à son sens, n'était pas fondée.

— Ce n'est pas parce qu'on ne sait pas piloter qu'on est incapable de diriger une affaire de transport aérien. Après tout, la plupart des directeurs d'hôpitaux ne sont pas chirurgiens!

— Vous n'avez jamais eu envie de piloter? insista Steve.

La jeune femme n'allait pas lui avouer qu'elle avait peur en avion et qu'elle n'empruntait la voie des airs que contrainte et forcée. Malgré l'insistance de son père, elle avait énergiquement refusé d'apprendre à piloter. Elle s'occuperait des horaires et des roulements, de l'embauche et des profits, avait-elle fait valoir, mais elle laisserait le pilotage à d'autres.

— Cela ne m'a jamais intéressée, répondit-elle.

Steve s'apprêtait manifestement à la forcer dans ses retranchements quand le bébé se mit à bouger. Carla se leva pour jeter un regard dans le couffin.

— Je crois que notre pause s'achève, murmura-t-elle.

A ce moment-là, Audrey ouvrit les yeux, cligna deux ou trois fois puis, s'apercevant qu'elle n'était dans les bras de personne, poussa un cri indigné.

— Vous vous en occupez et je débarrasse la table, d'accord ? proposa la jeune femme.

— D'accord, répondit Steve en se penchant pour prendre le bébé.

Soulagée de n'avoir plus à se défendre, Carla tourna son attention vers un sujet plus pressant. Il était bientôt l'heure de partir et le souvenir de la conversation téléphonique qui l'avait tant perturbée recommençait à la miner. Si Park s'était procuré son numéro, il pouvait aussi bien découvrir son adresse. Quant à ce Claybrook, qui savait s'il n'était pas le plus dangereux des deux ?

— Je croyais que les nouveau-nés passaient le plus clair de leur temps à dormir.

La réflexion de Steve tira Carla de ses pensées. Elle referma le réfrigérateur et se tourna vers le jeune homme.

— Ils dorment beaucoup, c'est vrai. Mais ils se réveillent toutes les deux ou trois heures parce qu'ils ont faim, ou parce qu'ils sont mouillés.

Cela lui rappela qu'elle avait encore une chose à faire avant de rentrer chez elle.

— Il faudrait donner son bain à Audrey avant qu'elle se rendorme.

En face de la jeune femme, Steve déglutit péniblement.

— Vous avez déjà fait ça, vous ?

— Non. Et je suppose que...

— Pas plus que vous. Bon, comment allons-nous nous y prendre? Je présume qu'Audrey est trop petite pour que nous la mettions dans la baignoire?

— En effet, opina Carla. Je crois que l'évier conviendrait mieux.

Steve considéra un instant le double bac en porcelaine.

— Vous avez raison. Pour cette fois, nous nous en contenterons.

« Pour cette fois »! se répéta la jeune femme, effarée. Steve avait l'air de penser que cette situation allait s'éterniser! Pourtant, dans l'intérêt de tous, il valait mieux trouver une solution au plus vite.

Elle se tourna brusquement vers la porte.

— J'ai rangé les affaires de toilette dans la salle de bains. Je vais les chercher.

— N'oubliez pas de rapporter une serviette, lui cria Steve alors qu'elle était déjà dans le couloir. Elles sont empilées sur l'étagère. Euh... Tout bien considéré, rapportez-en plusieurs. J'ai bien peur que la bataille soit épique!

6.

Carla revint bientôt dans la cuisine avec tout le matériel nécessaire pour le bain d'Audrey. Sous l'œil vigilant de Steve, elle se mit à disposer les affaires qu'elle avait rapportées avec des gestes précis, feignant une assurance qu'elle était loin d'éprouver. Elle étendit une serviette épaisse et douce sur le plan de travail, à droite de l'évier, et en plia une plus mince dont elle tapissa le fond de la baignoire improvisée. Ainsi, espéra-t-elle, le bébé ne glisserait pas sur la porcelaine trop lisse. Elle emplit ensuite la moitié de l'évier d'eau tiède et plaça le flacon de savon liquide à portée de main.

La jeune femme n'eut plus qu'à disposer, à gauche de l'égouttoir, une autre serviette avec une couche et une grenouillère propres avant de reculer pour juger de l'effet produit.

— Je crois que nous sommes prêts, déclara-t-elle avec un soupir d'appréhension.

— Vous pourriez témoigner d'un peu plus de confiance ! plaisanta Steve.

Carla lui adressa un sourire nerveux.

— J'avoue que ce bain m'impressionne.

— Si vous voulez, nous pouvons attendre demain.

Elle secoua la tête.

— Non. Puisque tout est en place, autant en finir tout de suite.

Steve allongea donc Audrey sur la première serviette puis s'écarta pour permettre à Carla de la déshabiller. La jeune femme comprit ainsi qu'il lui laissait la direction des opérations, décision sans doute injuste mais à laquelle elle n'eut pas le cœur de s'opposer.

— Bien, commença-t-elle d'un ton ferme. Vous allez tenir le bébé dans l'évier pendant que je le lave. Attention, quand je l'aurai savonné, il sera très glissant !

Steve reprit Audrey, qui battait des jambes tel un nageur de crawl.

— Tu ne portes pas de couche, en ce moment, l'avertit-il. Par conséquent, essaie de montrer un peu de respect envers tes aînés.

Audrey eut un roucoulement qui pouvait passer pour un rire et se laissa transporter dans l'évier sans autre commentaire. Carla plongea alors le petit gant qu'elle avait acheté dans l'eau tiède et moussante et se mit à laver doucement le bébé. Le contact du gant sur sa peau parut plaire à Audrey. Elle cessa soudain de gigoter et se tint immobile comme une poupée.

Pour pouvoir savonner la petite fille, Carla se tenait tout près de Steve. Absorbée par sa tâche, elle ne remarqua d'abord pas cette proximité, mais elle prit rapidement conscience de la chaleur qui irradiait de lui. A partir de cet instant, il lui fut impossible d'ignorer la présence de l'homme à la force virile qui la dominait d'une tête et dont les grosses mains soutenaient le corps minuscule d'Audrey avec tant de maîtrise et de douceur. Emportée par son imagination, elle en vint à se demander quelles sensations produiraient ces mêmes mains sur sa propre peau, avant de se rabrouer et d'essayer de se concentrer sur ce qu'elle faisait. Ce n'était pas le moment de se laisser aller à des pensées érotiques, et si elle se sentait troublée par Steve, c'était sans doute un effet du gingembre contenu dans les plats du dîner.

— Elle aime ça, murmura Steve à ce moment-là.

Carla s'éclaircit la voix.

— Euh, oui, on dirait que ça lui plaît. J'avais peur qu'elle hurle.

— Vous savez bien que notre petite Audrey est imprévisible !

Notre petite Audrey, maintenant ! Décidément, se dit la jeune femme, Steve avait le don de l'embarrasser.

En changeant de position, il lui frôla l'épaule et la cuisse. Une vague de feu la parcourut du ventre jusqu'au front.

— Euh, ne... ne trouvez-vous pas qu'il fait chaud, dans ce... dans cette pièce, bredouilla-t-elle.

— Oh, si ! L'ambiance devient même torride.

Décontenancée, Carla laissa tomber le gant dans l'évier.

— Je... je pense qu'Audrey est assez propre, à présent.

Steve partit d'un rire silencieux. Il se moquait d'elle, évidemment ! Mais quand il prit la parole, son ton n'avait rien d'ironique.

— Vous voulez que je l'allonge sur l'autre serviette ?

La jeune femme hocha la tête.

— Et prenez garde à ne pas la laisser tomber !

Une main sous la nuque d'Audrey, une autre sous ses fesses, Steve la transféra sans problème de l'évier à la serviette, qu'il replia sur le petit corps mouillé. Il manifestait une telle tendresse pour le bébé que Carla sentit un nœud d'émotion lui serrer la gorge.

— Vous voulez l'habiller ? lui demanda-t-il.

Carla acquiesça et vint remplacer le jeune homme devant le plan de travail.

— Vous prendrez bien une tasse de thé ?

— Il se fait tard, répondit-elle en glissant la couche sous les reins du bébé. Je ne vais pas tarder à rentrer.

— Cela ne vous empêche pas d'accepter mon thé.

La jeune femme prit la grenouillère et commença à y enfiler les jambes du nouveau-né.

— Bon, d'accord. Je vous remercie.

Une fois Audrey habillée, Carla sécha ses quelques mèches et les lui brossa doucement.

— C'est fini, mon petit cœur, lança-t-elle ensuite en lui plaquant un baiser sonore sur le front. Te voilà toute propre.

La petite fille lança un cri et s'enfonça le poing dans la bouche. « Quand est-ce qu'on mange ? » semblait-elle dire.

Avec un large sourire, Steve alla mettre un biberon dans le micro-ondes.

— Pas étonnant qu'elle veuille boire aussi, s'esclaffa-t-il. Elle m'a entendu vous proposer du thé !

Si le maître des lieux était détendu, Carla, elle, avait recommencé à se ronger les sangs. A mesure que l'heure du départ approchait, elle se sentait de plus en plus anxieuse à l'idée de rentrer chez elle.

— Que se passe-t-il ? demanda-t-il en s'asseyant pour nourrir le bébé. Je vous trouve bien sérieuse, tout d'un coup.

La jeune femme fit un effort pour sourire.

— Je suis fatiguée, voilà tout. La journée a été longue.

— Ce ne serait pas plutôt ce coup de fil qui vous tracasse ?

— J'avoue y avoir repensé une ou deux fois...

— Si l'idée de rentrer chez vous vous inquiète, vous pouvez très bien dormir ici. D'ailleurs, cela m'arrangerait : nous pourrions nous occuper d'Audrey à tour de rôle.

Carla contempla Steve pensivement. Sa proposition la tentait mais elle ne voulait pas qu'il voie en elle une froussarde incapable de maîtriser ses angoisses. Elle vivait seule depuis longtemps et n'avait pas besoin d'un superman pour la protéger des dangers de la nuit. Encore qu'elle n'aurait pas détesté sentir quelqu'un à proximité, au moins pour cette nuit...

— Non, je ne vais pas rester, répondit-elle à contre-cœur, mais d'un ton ferme. De toute façon, vous pouvez très bien vous en sortir seul, tout comme la nuit dernière.

— C'est vrai, admit Steve. Mais si vous passez la nuit à trembler et moi à promener Audrey, nous pourrions rassembler nos insomnies.

— N'insistez pas. Je vais rentrer chez moi.

— Même si je vous promets d'être sage ? Je ne vous taquinerai pas — ou rien qu'un peu — et je ne chercherai pas à vous embrasser. A moins, bien sûr, que vous m'y invitiez.

Cette dernière remarque ne fit que renforcer la détermination de Carla. Elle ne voulait absolument pas que Steve l'embrasse de nouveau et, pour cela, il était impératif qu'elle s'en aille. Elle s'était en effet rendu compte que l'attirance irrationnelle qu'elle éprouvait, à certains moments, pour cet homme pouvait l'amener à se conduire de façon parfaitement anormale.

— Je vous remercie, mais il vaut mieux que je ne reste pas. Cela étant, je suis sûre que votre proposition était on ne peut plus honnête.

— Je ne vous le fais pas dire ! rétorqua-t-il d'un air goguenard.

Dans les bras de Steve, Audrey, propre et repue, était en train de s'assoupir. Il la remit dans le couffin pour la ramener dans sa chambre, où lui et Carla restèrent un instant à contempler, en une émotion partagée, le tout petit être maintenant endormi.

Carla fut la première à briser le charme. Elle se dirigea soudain vers le salon et ramassa son sac à main.

— Vous n'avez pas changé d'avis ? demanda Steve en la rejoignant.

— Absolument pas ! affirma-t-elle d'un ton assez ferme pour les convaincre tous deux.

Elle jouait d'une main avec les clés de sa voiture, mais ce n'était pas qu'elle hésitait à partir. Au contraire, tenta-t-elle de se persuader, c'était un signe d'impatience.

— Vous n'êtes plus inquiète à propos de ce coup de fil ?

Carla passa la courroie du sac sur son épaule.

— Non. Comme vous l'avez laissé entendre, il n'y a pas de raison que cet individu s'intéresse encore à moi.

Sur ce, la jeune femme partit d'un pas décidé vers la porte d'entrée. Mais Steve était sur ses talons et lorsqu'elle voulut sortir, il bloqua le battant de la main.

Déconcertée, Carla se retrouva coincée entre la porte et le corps musculeux du jeune homme, excessivement consciente de la chaleur qu'il dégageait. Un frisson la parcourut et elle dut déglutir pour s'adresser au maître de maison.

— Que, euh... que faites-vous ?

— Je ne vous ai pas remerciée pour tout ce que vous avez fait depuis ce matin.

Elle leva les yeux vers le viril visage.

— Ce n'est pas la peine de me remercier. J'ai fait ça pour Audrey.

— Pourtant, j'y tiens. Merci, Carla chérie.

Avant qu'elle ait pu faire un geste, les lèvres de Steve s'étaient posées sur les siennes. Paralysée comme elle l'avait été le matin même, la jeune femme ne s'écarta qu'au bout de quelques longues secondes — sans doute parce qu'il lui avait fallu tout ce temps pour se convaincre qu'elle voulait vraiment s'écarter ! Steve ne tenta pas de l'en empêcher, mais il ne se retira pas pour autant.

— Vous m'aviez promis d'être sage ! lui reprocha-t-elle d'une voix qui tremblait un peu.

— Oui, dans le cas où vous seriez restée. Mais dans la mesure où vous avez décliné mon offre...

Sans même avoir terminé sa phrase, il colla de nouveau ses lèvres à celles de Carla.

Au premier baiser, elle s'était laissé faire sans se rebiffer. A cause du choc, probablement. Mais quelle excuse allait-elle bien pouvoir inventer maintenant ?

Les lèvres de Steve savouraient les siennes, douces et fermes à la fois, comme s'il voulait en explorer la moindre parcelle. Par réflexe — car elle ne l'aurait pas fait volontairement ! — Carla les entrouvrit légèrement tandis que ses mains vinrent se poser sur les larges épaules, comme si elles étaient d'une volonté propre. Elle sentit sa peau devenir moite et son souffle s'accélérer.

Peut-être fut-ce par curiosité qu'elle laissa Steve continuer un bon moment après qu'elle eut pris conscience de ce qu'ils étaient en train de faire. Quand elle le repoussa, finalement, il lui décocha un sourire heureux.

— Je me disais que ce serait une expérience extraordinaire que de vous embrasser, murmura-t-il tendrement. Je me rends compte à présent que j'étais bien en dessous de la réalité.

Gênée par la spontanéité dont il faisait preuve, elle s'éclaircit la voix et chercha désespérément quelque chose à rétorquer. Ce qu'elle aurait dû dire était pourtant l'évidence même : qu'il n'avait pas intérêt à recommencer ; qu'elle n'avait pas l'intention d'aller plus loin... Elle aurait dû lui déclarer carrément que la trêve prendrait fin dès qu'Audrey aurait retrouvé sa mère ; que malgré son physique renversant et sa science fabuleuse du baiser, elle ne se laisserait pas distraire de la mission qu'elle avait promis à son père d'accomplir...

Mais elle se borna à bredouiller :

— Euh, il... il est tard. Je dois vraiment y aller.

A son grand soulagement — et à son immense dépit ! —, Steve s'écarta d'un pas.

— Ne faites pas de folie au volant, conseilla-t-il. Et appelez-moi dès que vous serez rentrée, d'accord ?

Carla le dévisagea d'un œil incertain.

— Pourquoi ?

— Parce que si vous n'appelez pas, je m'inquiéterai, bien sûr.

La jeune femme rejoignit sa voiture en songeant qu'il y

avait bien longtemps que quelqu'un ne s'était soucié de savoir si elle était rentrée chez elle saine et sauve.

Carla n'avait pas parcouru plus d'un kilomètre quand elle s'aperçut qu'elle était suivie. En temps normal, elle n'aurait pas remarqué la voiture qui roulait à vitesse constante à une distance raisonnable de la sienne. Mais la journée qu'elle venait de vivre l'avait mise sur les nerfs et, depuis qu'elle était partie de chez Steve, elle conduisait, un œil fixé sur le rétroviseur.

Pour en avoir le cœur net, elle tourna deux fois de manière illogique et franchit même un feu à l'orange. Le véhicule était toujours derrière elle. Il ne s'agissait donc pas d'une coïncidence.

Aussitôt, la jeune femme chercha fébrilement le portable qu'elle avait glissé dans son sac et composa le numéro de Steve. Elle lui laissa à peine le temps de décrocher.

— Quelqu'un me suit! lança-t-elle sans prendre la peine de dissimuler son anxiété.

Le jeune homme n'hésita pas une seconde.

— Revenez immédiatement. Je vous attendrai sur le perron.

— Est-ce que je dois avertir la police?

— Et tout dire au sujet d'Audrey? Non, Carla. Revenez, et nous discuterons ce qu'il convient de faire.

— Je roule dans votre direction, lui apprit-elle en jetant un coup d'œil aux phares distants qui se reflétaient dans le rétroviseur.

— Restez en ligne jusque chez moi.

Dans l'écouteur, la jeune femme entendit pleurer un bébé.

— Audrey ne dort pas?

— Non. Votre appel l'a réveillée et elle veut que je la prenne dans mes bras.

Tenant le volant d'une seule main, Carla tourna prudemment à droite.

— Eh bien, qu'attendez-vous pour la prendre ?

— Que vous soyez en sécurité chez moi. Cela ne lui fera pas de mal de hurler encore quelques minutes.

La jeune femme poussa un petit soupir. La voix de Steve la rassurait, l'inquiétude qu'il manifestait pour elle lui faisait chaud au cœur. En cet instant, elle lui faisait confiance aveuglément.

— Carla ?

— Je suis toujours là, Steve. Je viens de tourner dans votre rue. Voilà, j'aperçois votre maison.

— Très bien. Je raccroche et je sors.

Lorsqu'elle engagea son véhicule dans l'allée de Steve, Carla distingua le jeune homme qui l'attendait devant la porte, solide comme un roc dans la lumière douce des lampes extérieures. A cette vue, les muscles de sa nuque se détendirent un peu. Elle coupa le contact et bondit hors de sa voiture. Quand elle atteignit le perron, Steve l'attira contre lui d'un bras protecteur.

Ensemble, ils virent l'autre voiture ralentir en s'approchant. Sur l'épaule de Carla, le bras se raidit : Steve se préparait apparemment à la bagarre. Elle le sentait frémir de colère et devina que c'était pour elle qu'il était furieux. Il n'avait pas supporté qu'on lui fasse peur, et son adversaire éventuel n'avait qu'à bien se tenir !

Mais devant eux, la voiture accéléra brusquement et s'évanouit dans la nuit.

— Avez-vous relevé le numéro minéralogique ? demanda Steve.

Carla eut un frisson rétrospectif et secoua la tête.

— Non, désolée, mais il était trop loin.

La pression du bras sur son épaule s'accentua.

— Rentrons.

Une fois à l'intérieur de la maison, les vagissements d'Audrey parurent insupportables à la jeune femme. Elle se dirigea presque instinctivement vers le couffin, dans la chambre de Steve, et prit le bébé pour le serrer contre son cœur. La petite fille cessa presque aussitôt de pleurer. Quoi qu'il puisse arriver, pensa-t-elle alors, il lui serait impossible, désormais, de laisser la petite fille à des étrangers. En un peu plus de vingt-quatre heures, le bien-être d'Audrey avait pris dans sa vie une importance primordiale.

Lorsque Carla revint dans le salon avec le bébé, Steve était en train d'arpenter la pièce d'un air soucieux. A la vue de la jeune femme, il arrêta brusquement son manège.

— Bien ! lança-t-il, comme s'il venait de parvenir à une décision. Je vais tenter encore une fois de contacter Blake, le détective privé dont je vous ai déjà parlé. Pour l'instant, mes efforts ont été vains. Je le croyais toujours au Texas, mais cet homme bouge beaucoup... Enfin, il me reste quelques amis communs à appeler avant de déclarer forfait.

— Vous pensez qu'il retrouvera Janice ?

Steve haussa les épaules d'un air résigné.

— Il faudra bien. Après tout, c'est lui le détective. Moi, je ne suis que pilote.

Un pilote qui ne craignait pas d'aller au-devant de sérieux ennuis pour protéger un bébé qui n'était pas le sien, ajouta mentalement Carla. Et qui s'était préparé à la protéger elle-même de l'individu qui l'avait filée. Décidément, recommencer à le haïr confortablement quand Janice aurait repris Audrey ne serait pas facile.

Elle préféra écarter ces pensées de son esprit pour le moment.

— Que faisons-nous, maintenant ?

— Je vais passer un ou deux coups de fil pendant que vous essaierez de rendormir Audrey. Le couffin restera dans ma chambre et, pour cette nuit, vous pourrez utiliser la chambre d'amis.

Le fait de passer la nuit chez Steve n'enchantait pas Carla outre mesure, mais elle avait encore moins envie de rentrer chez elle, où l'homme qui l'avait suivie l'attendait peut-être.

— D'accord, acquiesça-t-elle, je vais rester. Mais n'oubliez pas votre promesse.

Un sourire malicieux vint brièvement éclairer son air sombre.

— Je me conduirai en gentleman tant que vous ne me demanderez pas le contraire.

— Nous savons tous deux de quoi il retourne.

L'ambiguïté involontaire de sa réponse provoqua l'hilarité de Steve.

— Justement, Carla chérie! Je conserve tous mes espoirs.

Une demi-heure plus tard, chacun avait accompli sa tâche : Audrey, ventre plein, dormait dans son couffin et quelques personnes supplémentaires savaient que Steve Lockhart cherchait à joindre Blake.

— Je crois que nous avons bien mérité un peu de repos, déclara le maître de maison en reposant le combiné pour la dernière fois de la soirée.

Il prit le bras de Carla et la guida vers la chambre d'amis.

— J'ai déposé sur votre lit deux ou trois choses qui vous seront utiles. Si vous avez besoin de quoi que ce soit d'autre, n'hésitez pas à me le demander.

— Merci, répondit-elle avec un sourire indéfinissable. Je suis sûre que ce sera parfait.

Steve s'était arrêté sur le seuil de la chambre d'amis. Il écarta une mèche égarée sur le ravissant visage qui lui faisait face en s'apitoyant intérieurement sur sa pâleur. A l'évidence — et même si cela la rendait encore plus désirable —, la jeune femme se remettait difficilement des épreuves de la soirée.

— Ne craignez rien, Carla chérie, voulut-il la rassurer. Cette histoire finira par s'arranger.

— Je l'espère, mais ça n'en prend pas le chemin ! Il y a trop de choses que nous ignorons, Steve. Qui sont ces gens lancés à la recherche de Janice ? Pourquoi semble-t-elle les fuir ? Où se cache-t-elle ? Quand reviendra-t-elle reprendre son bébé ? Et pour quelle raison m'a-t-on suivie, ce soir ? Vraiment, je crains que tout cela nous dépasse et que nous ayons eu tort de ne pas prévenir la police quand nous avons découvert Audrey.

— Si vous pensez que c'est nécessaire, proposa-t-il d'une voix posée, nous pouvons le faire tout de suite.

Il espérait que la jeune femme refuserait mais, contrairement à la veille, il éprouvait l'obligation morale de lui laisser le choix. En un peu plus d'un jour, elle s'était en effet totalement impliquée dans l'affaire et, surtout, c'était chez elle que Park avait téléphoné et c'était elle qu'on avait filée. Cela l'avait d'ailleurs tellement perturbée qu'elle préférait dormir ici... Alors, si Carla voulait appeler la police, il pouvait difficilement lui en vouloir. Même si lui répugnait à confier à d'autres la résolution de ses propres problèmes.

La jeune femme hésita suffisamment longtemps pour qu'il commence à s'inquiéter. Enfin, elle secoua la tête.

— Non, il est trop tard pour que je prévienne qui que ce soit. Je ne peux plus donner Audrey à des inconnus avant qu'on m'explique pourquoi Janice nous l'a confiée. Euh... vous l'a confiée.

Soulagé, Steve l'approuva d'un signe de tête.

— Attendons encore un jour. Je suis curieux d'entendre ce que Blake aura à dire, si je parviens à le contacter. Quant à Janice, elle finira bien par se manifester.

— Ce sont peut-être Claybrook et Park qui vont de nouveau se montrer.

— Eh bien, qu'ils viennent ! grogna Steve, mâchoires

et poings serrés tant l'envie de corriger la crapule qui avait effrayé Carla le démangeait. J'ai deux mots à dire à celui qui vous a filée.

La jeune femme ne put retenir un frisson.

— J'aimerais au moins savoir ce qu'il me voulait.

— Nous le saurons bientôt, affirma-t-il d'un ton ferme. Et nous triompherons ensemble de l'adversité.

Carla le contempla quelques secondes d'un œil étonné, sans doute parce qu'elle avait plus l'habitude de voir en lui un ennemi qu'un allié. Steve, lui, préférait de beaucoup l'avoir de son côté, bien qu'il regrettât déjà leurs escarmouches quasi quotidiennes.

Il toussota nerveusement, peu pressé d'aller se coucher seul.

— Puis-je faire quelque chose pour vous avant de vous laisser dormir ?

— Non, je vous remercie.

Le regard de Steve s'attarda sur les lèvres pulpeuses. Dépourvues du maquillage savamment appliqué qui leur donnait d'habitude une couleur de sang, elles paraissaient très douces et éminemment vulnérables. Leur saveur était encore dans sa bouche, mais il y aurait volontiers goûté de nouveau. Si seulement il n'avait pas promis à Carla d'être sage...

Il avança la main et lui caressa la lèvre inférieure.

— Est-ce que, par le plus grand des hasards, vous accepteriez que je vous embrasse pour vous souhaiter bonne nuit ?

Steve sentit frémir la lèvre de la jeune femme. Elle rougit légèrement et baissa les paupières pour lui cacher son regard.

— Je ne pense pas que ce soit une bonne idée, Lockhart.

— Je suis sûr qu'elle est excellente, au contraire.

— Steve, je vous en prie...

Il laissa échapper un soupir de regret.

— Dommage, mais ça valait la peine d'essayer.

Carla lui jeta un bref coup d'œil et il crut discerner une lueur de tentation dans ses pupilles. Probablement un effet de ses fantasmes, décida-t-il quand elle se glissa sans lui dans la chambre d'amis.

— Faites de beaux rêves, Steve.

Et elle lui ferma tout bonnement la porte au nez !

— Bonne nuit, Carla chérie, murmura-t-il au panneau de chêne.

Puis il gagna sa chambre en se disant que, au moins, la jeune femme passait la nuit chez lui. Peut-être pas exactement comme il l'avait imaginé, mais tout venait à point à qui savait attendre.

Carla dut s'adosser à la porte pour se remettre de l'émotion qui l'avait saisie quand Steve lui avait caressé la lèvre. Elle avait carrément failli lui agripper le col et l'embrasser jusqu'à en perdre le souffle. Par bonheur, elle avait eu la force de résister à cette impulsion, qui résultait sans doute de son épuisante journée. Demain, il ferait jour, et la relation à peu près normale qu'elle entretenait avec son concurrent reprendrait le dessus.

La jeune femme posa les yeux sur le lit et son esprit s'emplit instantanément de scènes érotiques qu'elle n'avait pas du tout l'intention de jouer avec Steve. Elle repoussa ses cheveux en arrière d'un geste las en se disant qu'elle avait besoin d'une bonne gifle pour se remettre les idées en place.

Son hôte avait apparemment pensé à tout. Disposé avec soin sur le lit, un grand T-shirt noir voisinait avec des collants de la même teinte, dont elle se demanda fugitivement d'où il les tenait. Il y avait aussi une serviette et un gant et, même, une brosse à dents toute neuve. Et là, sur l'oreiller...

Carla ne put retenir un sourire attendri lorsqu'elle

reconnut un carré de chocolat, substance bien connue pour ses vertus aphrodisiaques. Décidément, cet homme était complètement fou ! Elle glissa le chocolat dans sa bouche et se prit à rêver. Si les circonstances étaient différentes, si elle n'avait pas tant de choses à prouver, si elle avait pensé qu'il y avait une chance, aussi infime soit-elle, qu'une relation entre deux êtres si dissemblables puisse ne pas se terminer en désastre...

Sur un soupir désabusé, elle chassa ces pensées de son esprit, consciente de perdre son temps à rêvasser alors qu'elle avait tant d'autres choses en tête.

Pourtant, quand elle se glissa, un moment plus tard, sous la couette, ce furent les baisers de Steve qui revinrent troubler sa mémoire et son corps.

7.

Il était 2 heures du matin quand Carla fut brusquement réveillée par les vagissements d'un nouveau-né. D'abord désorientée dans cette chambre très sombre où elle n'avait pas de repères, elle prit conscience du lieu où elle se trouvait lorsqu'elle reconnut la voix feutrée de Steve provenant du couloir. Elle ne comprit pas ce qu'il disait mais, au ton qu'il employait, elle devina qu'il demandait à Audrey de mettre une sourdine à ses pleurs pour ne pas réveiller la jeune femme.

La voix de Steve s'éloigna et Carla comprit qu'il devait se diriger vers la cuisine. Elle l'imagina en train de sortir un biberon du réfrigérateur pour le mettre à réchauffer. Elle garda les yeux fixés sur le rai de lumière tracé au plafond tout en poursuivant son effort de reconstitution mentale de la scène qui se passait de l'autre côté de la porte : elle le vit s'asseoir avec le bébé et se mettre à le nourrir, avant, certainement, de changer sa couche. Il se chargeait du nouveau-né de A jusqu'à Z, comme s'il avait fait cela toute sa vie !

Ce Steve Lockhart était vraiment un homme peu ordinaire.

Sachant qu'il contrôlait parfaitement la situation, Carla jugea préférable de se rendormir. Au bout de vingt minutes, consciente qu'elle n'y parviendrait pas, elle se décida à quitter la chaleur de sa couette pour aller voir dans la cuisine comment se passaient les choses. Avec un soupir, elle alluma la lampe de chevet et pivota pour sortir du lit. Puis, elle s'assura d'un regard que sa tenue était décente. Pas de problème. Le T-shirt lui descendait aux genoux et le collant dissimulait le reste de ses jambes.

La jeune femme se dirigea rêveusement vers la cuisine. Elle dormait chez Steve, elle portait ses vêtements, elle l'aidait à s'occuper d'un bébé... Si on lui avait dit, deux jours plus tôt, alors qu'elle le poursuivait sur le parking de l'aérodrome, qu'elle se retrouverait dans cette situation, comment aurait-elle pu le croire ?

Lorsqu'elle entra dans la pièce, Steve, assis torse nu dans le fauteuil à bascule, était en train de tapoter le dos d'Audrey pour lui faire faire son rot. Sur la table, à côté d'un verre de jus d'orange à peine entamé, un biberon vide témoignait de la tâche accomplie.

Le jeune homme lui adressa un large sourire.

— C'est un plaisir toujours renouvelé de vous voir paraître, mais je suis désolé que nous vous ayons réveillée.

— Ce n'est pas grave.

Carla avait détourné le regard dès qu'elle avait pris conscience de la semi-nudité de Steve. Mais elle en avait vu assez pour se dire, gorge sèche, qu'il était encore mieux bâti que dans ses fantasmes.

— Euh... il faut que je boive, lança-t-elle en se dirigeant vers l'évier.

— Il y a du lait et des jus de fruits dans le frigo.

— L'eau du robinet me convient parfaitement.

Tandis qu'elle remplissait son verre, le son d'un rot lui apprit que Steve avait mené à bien son entreprise. Elle se retourna en sirotant son eau, mieux préparée, cette fois, au spectacle qu'offrait le jeune homme.

Il n'avait pris le temps que d'enfiler un jean. Des cheveux en broussaille et une barbe naissante lui donnaient un air éminemment sexy. Ses paupières étaient lourdes, mais ses yeux brillaient de gourmandise tandis qu'il la détaillait en retour. Gênée par l'intimité de la scène, la jeune femme reposa son verre dans l'évier d'une main mal assurée.

— Savez-vous, Carla chérie, que vous êtes adorable comme cela, en plein milieu de la nuit ?

Il avait parlé d'une voix profonde, faite pour séduire. Elle voulut lui décocher un regard d'avertissement, mais n'y parvint pas tout à fait.

— Ne commencez pas, Lockhart.

Même le ton qu'elle avait employé manquait de sérieux...

— Pardonnez-moi, s'excusa Steve. Les mots m'ont échappé.

Il mentait, évidemment. Ce diable d'homme avait su dès le départ, non seulement ce qu'il allait dire, mais l'effet que ses mots auraient sur elle. Pour cacher son émoi, Carla dirigea son attention vers le bébé.

— Audrey ne dort pas, fit-elle inutilement remarquer.

Steve regarda la fillette. Elle semblait étudier la pièce avec de grands yeux et n'avait pas l'air d'avoir sommeil.

— Mademoiselle a ses propres horaires, déclara-t-il d'une voix théâtrale.

En réponse, Audrey produisit un gargouillis qui parut la surprendre elle-même. Riant doucement de son air étonné, Steve se pencha alors sur elle pour murmurer des enfantillages et faire une série de grimaces que la petite fille observa, l'air fasciné.

Carla ne put résister à l'envie de participer à la fête et vint se pencher à son tour au-dessus du bébé. Lorsque le visage de la jeune femme entra dans son champ de vision, Audrey cessa soudain de fixer Steve pour poser ses yeux bleus sur les yeux bleus plus sombres qui la contemplaient.

— Bonjour, petit cœur, susurra Carla en caressant une joue incroyablement douce. Tu m'as l'air comblée et heureuse.

Steve partit d'un petit rire.

— Et pourquoi ne le serait-elle pas ? Nous sommes là tous les deux, aux petits soins pour mademoiselle, et elle sait très bien qu'elle peut faire de nous ce qu'elle veut !

— Oui, mais sa maman doit lui manquer, murmura la jeune femme, brusquement consciente de la réalité.

En même temps, elle se rendit compte qu'elle avait posé la main sur l'épaule nue de Steve pour assurer son équilibre. Elle la retira vivement et se redressa, la paume encore brûlante de ce contact involontaire mais si troublant. Devant elle, le jeune homme continuait de bercer Audrey comme s'il ne s'était aperçu de rien.

— J'espère qu'elle ne va pas tarder à se rendormir, soupira-t-il. Nous allons finir par manquer de sommeil !

Carla pensa qu'en effet, elle serait bien retournée se coucher. Elle alla s'appuyer au plan de travail et se mit à observer la façon dont Steve berçait le bébé.

— Vous vous y prenez comme un professionnel aguerri, lança-t-elle au bout d'un moment. Etes-vous sûr de n'avoir aucune expérience ?

— Je me suis un peu occupé de mon frère, répondit-il avec un sourire. Mais rien depuis cette lointaine époque.

— Etes-vous restés proches, votre frère et vous ?

Steve haussa les épaules.

— Nous ne nous voyons plus qu'une ou deux fois par an. Nos vies ont pris des routes différentes. Et vous, Carla, vous êtes fille unique, n'est-ce pas ?

— Si l'on peut dire. En fait, j'ai grandi avec Edward, mon demi-frère. Après la mort de maman, mon père s'est en effet remarié avec la mère d'Edward. J'avais six ans et lui dix.

— Votre belle-mère vit encore ?

— Non. Ni Edward ni moi n'avons plus de famille. C'est sans doute la raison pour laquelle nous continuons à nous voir.

— Et votre père ? Etiez-vous proche de lui ?

Steve avait rencontré Louis Jansen à plusieurs reprises, ce qui expliquait à coup sûr le ton neutre de sa question. Carla était en effet bien placée pour savoir que son père s'était montré ouvertement hostile au jeune loup qui avait eu

102

l'audace d'entrer en concurrence avec J.C.S. D'ailleurs, se souvint-elle avec un brin d'embarras, elle-même n'avait pas fait preuve de plus d'amabilité... Une chose, cependant, la chiffonnait : si elle ne pouvait en vouloir à Steve de n'avoir guère aimé son père, elle n'avait jamais compris pourquoi sa propre attitude envers lui paraissait davantage l'amuser que l'irriter.

— Mon père et moi ne nous entendions pas trop mal, finit-elle par répondre, peu désireuse de s'étendre davantage sur leur relation.

Elle aurait pu ajouter, bien sûr, que s'ils étaient parvenus à s'entendre, c'était parce qu'elle avait toujours cédé à son père. Mais cela ne regardait qu'elle.

— D'après ce que je sais de lui, insista Steve, il était plutôt exigeant. Je suppose qu'il ne se satisfaisait pas de peu ?

— C'est vrai, mais il ne demandait pas plus aux autres qu'à lui-même.

— Est-ce lui qui vous a poussée à abandonner vos études de droit pour prendre J.C.S. en main ?

— Au contraire ! Mon père était convaincu que je ne parviendrais pas à diriger l'entreprise. C'est seulement lorsque Edward a refusé de lui succéder et qu'il n'a trouvé personne digne de confiance qu'il s'est rabattu sur moi.

Sans qu'elle l'ait voulu, le ressentiment qu'elle éprouvait encore s'était insinué dans sa voix.

Steve l'observa un instant en silence.

— Vous essayez toujours de prouver à votre père qu'il vous avait sous-estimée. Pourtant, voilà plus d'un an qu'il est mort.

La jeune femme fit la moue.

— C'est peut-être à moi-même que j'essaie de le prouver.

— Carla...

— Chut ! Le bébé s'est endormi.

Elle n'avait vraiment pas envie de poursuivre cette conversation.

— Voulez-vous que je mette le bébé au lit pendant que vous finissez votre verre? proposa-t-elle.

— Avec plaisir.

Au grand soulagement de Carla, Audrey ne se réveilla pas quand elle la coucha dans son couffin. Pour s'assurer qu'elle dormait vraiment, la jeune femme resta un moment dans la chambre, où elle ne put empêcher son regard d'errer sur l'immense lit qui trônait contre un mur de la pièce. A l'évidence, la couette avait été repoussée brusquement quand Steve avait répondu à l'appel du bébé, et la jeune femme crut presque deviner l'empreinte d'un corps sur le drap de dessous. Une illusion d'optique, sans doute, créée par la lumière tamisée de la lampe de chevet qui renforçait l'intimité de la pièce.

Carla dut se faire violence pour s'arracher à sa contemplation. Elle tourna le dos au lit avec un soupir irrité... pour s'apercevoir que Steve, immobile sur le seuil, était en train de l'observer!

La musculature superbe de son torse la frappa de nouveau. Elle déglutit péniblement et se maudit de ne pas être rentrée chez elle.

— Audrey dort profondément, déclara-t-elle en désignant le couffin. Nous ferions bien de l'imiter tant qu'elle nous le permet!

Tout en parlant, la jeune femme s'était approchée de la porte mais Steve ne s'était pas écarté d'un pouce. Parvenue à quelques pas de lui, elle hésita.

— Si vous restez là, je ne pourrai pas sortir.

— Je sais, répondit-il.

Mais il ne s'écarta pas pour autant.

Carla sentit ses paumes devenir moites.

— Steve...

— Est-ce que vous avez la moindre idée de l'effort que je dois fournir pour me retenir de vous toucher?

Il avait parlé sans passion, sur un ton presque léger, mais la jeune femme ne s'y trompa pas.

— Ne dites pas cela! le supplia-t-elle d'une voix mal assurée.

— Pourquoi pas? Je ne dis que la vérité. Savez-vous depuis combien de temps je rêve de vous avoir dans ma chambre? Depuis combien de mois je n'ai pas fait l'amour parce qu'aucune femme ne me fascine autant que vous?

Il racontait n'importe quoi! pensa Carla. Au cours des mois passés, il n'avait pas été avare, en effet, de clins d'œil et de taquineries. Mais de là à croire qu'elle l'intéressait sérieusement — pire: qu'elle seule l'intéressait vraiment — il y avait un gouffre!

— Steve, nous ne...

— Vous souvenez-vous de notre première rencontre?

Elle s'en souvenait comme si elle avait eu lieu la veille! Et d'autant mieux que cette première rencontre avec Steve datait du jour où elle avait commencé à travailler à J.C.S. Son père était sorti de l'hôpital quarante-huit heures auparavant et n'avait plus que quelques mois de sursis. Il avait donc décidé de préparer Carla à sa future tâche, sans faire preuve d'un optimisme débordant.

— Tu seras certainement en faillite d'ici à un an, avait-il marmonné d'un ton bourru. Et voilà celui qui te poussera dans le précipice.

Sur le parking, l'homme qu'il avait désigné du menton venait dans leur direction. La jeune femme se souvint d'avoir été frappée dès cet instant-là par sa démarche de félin.

— Qui est-ce? avait-elle demandé.

— Il s'appelle Lockhart. C'est lui qui casse les prix avec cette compagnie de transport aérien qu'il a montée l'an dernier. Je t'en ai déjà parlé.

C'était vrai. Et en des termes qu'elle n'aurait pas osé répéter!

— Ce type veut nous massacrer, avait ajouté Louis Jansen. Il n'a qu'une idée en tête: nous chasser du métier. Ces jeunes chacals aux dents longues n'ont aucun respect pour ceux qui ont bâti le transport aérien.

Après ce jugement à l'emporte-pièce, Carla avait été prête à détester l'homme qui transformait les derniers mois de son père en enfer. Mais lorsqu'il s'était approché d'eux, le regard manifestement approbateur qu'il lui avait jeté et son irrésistible sourire l'avaient fait fondre un bref instant. Cela l'avait rendue furieuse.

— Vous étoffez votre personnel, monsieur Jansen? avait demandé Steve, sur un ton que la jeune femme avait jugé sournois.

— Ma fille, Carla, avait grogné Louis en réponse. Elle va prendre J.C.S. en main et je vous préviens, Lockhart, qu'elle va vous en faire baver! Vous n'êtes pas parvenu à me faire plier, et ma fille est aussi solide que moi.

Son père n'avait parlé que par bravade mais les compliments qu'il lui faisait étaient si rares que Carla avait précieusement gardé à la mémoire celui-ci, sans se soucier de la motivation qui le sous-tendait.

Steve l'avait de nouveau dévisagée, puis il lui avait souri avec tant de charme qu'elle avait failli lui retourner son sourire.

— Les mois qui viennent promettent d'être pleins d'intérêt, avait-il murmuré, son regard noir rivé sur celui de la jeune femme.

Puis il avait poursuivi son chemin.

— Ce gars-là nous aura, avait prédit son père en le suivant des yeux. D'ici peu, Jansen Charter Service aura vécu. Ah, si j'avais eu un fils comme ce Steve Lockhart...

Prenant soudain conscience qu'il rêvait à voix haute, Louis Jansen s'était tourné vers sa fille, l'air contrit.

— Non pas que j'aie quoi que ce soit à te reprocher. Certes, tu n'as pas l'aviation dans le sang, comme ton grand-père ou moi-même, mais je sais que tu n'y peux rien.

Ce n'était pas tant les mots qui avaient blessé Carla que l'admiration rétive dont son père avait fait preuve à l'égard de son impitoyable concurrent. Le fait d'apprendre que Louis Jansen aurait préféré avoir son pire adversaire comme fils plutôt qu'elle-même comme fille avait encore attisé l'aversion que lui inspirait Steve.

Elle avait répliqué d'un ton ferme.

— C'est vrai, je ne sais pas piloter et la simple idée de monter dans un avion me donne des sueurs froides. Cela dit, n'oublie pas que je suis gestionnaire dans l'âme. J.C.S. n'est pas encore mort, papa. Et Steve Lockhart s'apercevra vite qu'il faut plus qu'un joli sourire et une licence de pilote pour me surclasser.

Plus tard, le même jour, Carla avait plongé le nez pour la première fois dans les comptes de la compagnie. C'est alors qu'elle s'était rendu compte à quel point la maladie de son père avait aussi affecté ses capacités mentales. Au cours des derniers mois, les décisions qu'il avait prises s'étaient en effet révélées désastreuses, au point qu'il avait pratiquement ruiné l'entreprise à laquelle il avait consacré la meilleure partie de son existence. Et pendant les six mois qu'il lui restait à vivre, il n'avait jamais voulu reconnaître les efforts que Carla avait déployés pour remettre l'affaire sur les rails.

A vrai dire, la tâche de la jeune femme n'avait pas été facilitée par la vitalité dont avait fait preuve Lockhart Air Service depuis le jour où son père l'avait présentée à Steve. Elle avait donc toutes les raisons de se rappeler cette première rencontre.

— Oui, finit-elle par répondre. Je m'en souviens parfaitement.

— Eh bien, ce jour-là, lorsque je vous ai vue à la fois désarmée et déterminée, si belle et si farouche, j'ai eu une telle envie de vous que mes genoux se sont brusquement mis à flageoler... Je suis sincère, Carla. Ainsi, imaginez l'état dans lequel me met votre présence dans ma chambre, conclut-il avec un sourire gauche. Je peux à peine me tenir debout !

Il n'était pas le seul ! La jeune femme était tellement troublée par les mots de Steve que, prise d'une soudaine faiblesse, elle s'appuya discrètement à la commode.

— Vous m'aviez promis d'être sage, protesta-t-elle

— Je ne vous ai pas touchée, n'est-ce pas ? D'ailleurs, je n'ai pas l'intention de le faire sans votre permission. Mais je voulais que vous sachiez l'effet que vous avez sur moi, Carla chérie. Et tant pis si mon aveu vous embarrasse.

Si Carla n'avait pas été aussi proche de la panique, la faiblesse du mot l'aurait fait rire. En fait d'embarras, elle était submergée de sentiments contradictoires et tumultueux contre lesquels sa volonté risquait bientôt d'être impuissante.

— Laissez-moi passer, maintenant, bredouilla-t-elle. Je veux aller dormir.

Mais elle était pleinement consciente qu'elle ne pourrait plus fermer l'œil de la nuit.

Sans un mot, Steve s'écarta de la porte.

La jeune femme sortit alors de la chambre en prenant garde de ne pas le frôler, ni même de le regarder. De toute façon, essaya-t-elle de se convaincre, elle n'avait aucune envie de rester. Et dans l'hypothèse où elle aurait été tentée de le faire, elle n'aurait pas sacrifié au simple désir physique les mois de travail acharné qui lui avaient permis de résister à la pression de L.A.S.

Avant de franchir le seuil de la chambre d'amis, Carla éprouva pourtant un subit besoin de franchise. Elle se tourna vers le jeune homme et ne lut dans son regard que tendresse et sincérité.

— Steve...

— Oui ?

— Ne m'en veuillez pas de ne pas répondre à vos sollicitations. Avec tout ce qui se passe en ce moment, j'ai plutôt l'esprit ailleurs.

— Il n'y a pas urgence, Carla chérie. Je vous ai dévoilé ce que je ressentais pour vous. A présent, la balle est dans votre camp.

Sans un mot, la jeune femme entra alors dans la chambre d'amis et referma la porte derrière elle. Puis, à pas lents, elle alla s'asseoir sur le bord du lit et plongea soudain le visage dans ses mains tremblantes. Pour une raison ou pour une autre, il lui semblait que sa vie venait d'atteindre une étape décisive.

A 6 heures du matin, fatiguée de sa nuit sans sommeil, Carla entendit Audrey se mettre à pleurer dans la chambre voisine. Quelques instants plus tard, Steve se dirigea vers la cuisine en parlant au bébé à voix basse et la jeune femme décida qu'elle pouvait aussi bien se lever. De toute façon, rester au lit les yeux grands ouverts à ressasser les paroles de son trop séduisant concurrent était hors de question : c'était ce qu'elle faisait depuis trois heures, et elle n'en pouvait plus de ces mots qui tournaient dans sa tête. « Aucune femme ne me fascine autant que vous », « Je rêvais de vous avoir dans ma chambre »...

Du café. Quelques litres de café viendraient à bout de cette sarabande de pensées qui allait finir par la rendre folle. Et tant pis si cela l'obligeait à retrouver Steve !

— Bien dormi, Carla chérie ?

Installé dans son fauteuil à bascule, le bébé dans les bras, Steve avait levé la tête à l'entrée de la jeune femme, et son sourire de bienvenue allait de pair avec le regard de convoitise qu'il fixait sur elle.

Gênée, Carla s'empressa de détourner les yeux vers la cafetière.

— Bonjour, Steve. Je voulais faire du café, mais je vois qu'il est déjà prêt.

— Oui. J'ai mis le temporisateur, cette nuit, et j'ai demandé à Audrey de se réveiller vers 6 heures.

En sortant deux bols du placard, la jeune femme se demanda comment il faisait pour plaisanter dès l'aube.

— Sans sucre. C'est bien ça ?

— Oui.

Elle remplit deux bols et en posa un près de Steve, mais à bonne distance du bébé.

— Voulez-vous que je vous prépare quelque chose à manger ?

Le jeune homme secoua la tête en signe de refus.

— Non, merci. Ce n'est pas encore mon heure. Mais n'hésitez pas à vous servir.

Carla grimaça.

— Pareil pour moi. Il est trop tôt pour que j'aie faim.

— Une chose de plus que nous avons en commun.

Pour ne pas avoir à répondre, la jeune femme préféra se brûler la bouche avec une gorgée de café trop chaud.

Un moment plus tard, elle s'aperçut brusquement que l'émotion lui nouait la gorge. Pourtant, elle n'avait fait que regarder Steve s'occuper d'Audrey avec tendresse...

— Quels sont nos projets, aujourd'hui ? demanda-t-elle pour se changer les idées.

— Il me reste un ou deux coups de fil à passer pour tenter de localiser Blake. A part cela, j'espère que Janice nous donnera de ses nouvelles.

— Et si elle n'en donne pas ?

— Je ne sais pas, admit Steve avec une moue de frustration. Une chose est sûre : nous ne pourrons tenir ce rythme après le week-end. Notre vie professionnelle nous occupe à plein temps et nous avons besoin d'un minimum de sommeil. Quant à Audrey, elle commence déjà à s'attacher à nous. Il lui faut très vite un foyer stable, de préférence avec sa mère.

Carla opina du chef.

— Je crois qu'elle appellera. D'ailleurs, je suppose qu'elle a pensé aux difficultés que nous rencontrerions. Euh... ou plutôt, que vous rencontreriez.

— Inutile de vous reprendre. Pour l'instant, c'est vous qui avez eu le plus à souffrir de la situation. Vous avez passé la journée d'hier à faire du baby-sitting pour me permettre de travailler et vous n'avez pas pu rentrer chez vous parce qu'un dingue vous suivait en voiture.

— Peut-être espérait-il que j'allais le mener à Janice.

— Je ne vois pas pour quelle autre raison il vous aurait filée.

La ride qui barrait le front de Steve montrait, s'il en était besoin, qu'il ne prenait pas cet incident à la légère.

Carla soupira d'impuissance.

— Il y a trop de questions non résolues. Pourquoi Janice se cache-t-elle ? Qui a lancé ces hommes à sa recherche ? Sans oublier que je me demande toujours si nous avons vraiment bien fait de ne pas avertir la police.

Comme si elle avait voulu donner son avis à ce sujet précis, Audrey choisit ce moment-là pour pousser un cri aigu.

— Voilà ce qu'en pense Audrey, affirma Steve d'un air ironique. Elle dit que nous avons bien fait.

La jeune femme fut incapable de sourire. Déjà bouleversée par cette affaire, elle devait maintenant affronter la tension nerveuse qu'avait fait naître la déclaration de Steve. « Je rêvais de vous avoir dans ma chambre »...

Elle reposa son bol un peu trop brutalement.

— Si vous n'y voyez pas d'inconvénient, je vais aller prendre une douche.

— Je n'y vois absolument aucun inconvénient ! rétorqua-t-il en imitant le ton précipité qu'elle venait d'employer. Mais, plus sérieusement, je regrette de ne pouvoir vous prêter autre chose qu'une serviette et un gant.

— Ce n'est pas grave. J'avais prévu de rentrer chez moi après m'être lavée. Je crois que la personne qui m'a suivie de nuit montrera moins d'audace en plein jour.

Steve la considéra d'un œil inquiet.

— Je ne serai tranquille que si quelqu'un vous escorte. On ne peut compter sur Bart pour s'occuper d'un bébé mais comme garde du corps, il est l'homme idéal. Je suis sûr qu'il sera heureux de vous accompagner chez vous prendre quelques affaires.

L'image du colosse à la carrure imposante s'imposa à Carla comme une évidence : Carla ne pouvait rêver de meilleur garde du corps. Pour autant, l'idée même d'avoir besoin d'un homme pour la protéger ne lui plaisait guère, alors qu'elle commençait à peine à émerger de l'ombre de son père.

— Je m'en sortirai très bien toute seule, répondit-elle en conséquence. Si Park, ou Claybrook, ou qui que ce soit d'autre espère m'intimider, il n'est pas au bout de ses surprises. D'ailleurs, j'espère que celui qui m'a suivie cette nuit va de nouveau se manifester. Cela me permettra de lui dire exactement ce que je pense de ses méthodes.

Steve partit d'un rire admiratif.

— Je le plains d'avance, le pauvre bougre. Si vous parvenez à le coincer, il n'est pas près de recommencer ! Cela étant, je vais quand même appeler Bart. Jusqu'à ce que nous sachions dans quoi nous avons mis les pieds, je préfère ne pas courir de risques.

Ce ton paternaliste ne fit que renforcer la détermination de Carla.

— En l'occurrence, c'est moi qui vais courir les risques. Et c'est à moi de décider si je veux qu'on me protège ou pas. Le jour où j'aurai besoin de vos suggestions, je vous le ferai savoir.

— Mais, Carla...

— Je vais prendre ma douche, le coupa-t-elle sèchement.

Steve ne fit rien pour l'en empêcher.

8.

L'irritation que l'attitude de Steve avait suscitée ne dura pas. Au bout d'un quart d'heure, l'eau de la douche ruisselant sur son corps avait détendu Carla et elle avait recouvré suffisamment de raison pour regretter le ton qu'elle avait employé avec le jeune homme. Somme toute, ce dernier n'avait fait que s'inquiéter de sa sécurité, ce qui aurait dû lui sembler plutôt rassurant après la filature dont elle avait été l'objet quelques heures auparavant. Pourtant, elle avait réagi comme une pimbêche en lui jetant sa proposition de protection à la figure.

Carla arrêta la douche en se mordillant la lèvre inférieure. Pour être tout à fait honnête, son attitude agressive vis-à-vis de Steve durait depuis des mois. A vrai dire, elle n'avait même cessé de le harceler depuis leur première rencontre. Alors, s'il la trouvait réellement attirante, il ne pouvait s'agir que d'un miracle !

Après s'être séchée, la jeune femme s'enveloppa dans la sortie de bain que Steve avait disposée sur la patère à son intention et sourit en apercevant son reflet dans le miroir. Dans ce vêtement trop grand pour elle, on aurait dit qu'elle avait rétréci sous la douche !

Son sourire s'évanouit à l'idée qu'elle allait devoir remettre ses habits de la veille. Elle avait horreur de cela, et l'univers familier de ses affaires personnelles lui manquait. Ce qu'elle détestait par-dessus tout, c'était ce sentiment de ne plus avoir prise sur sa vie quotidienne.

Plongée dans ses pensées, Carla sortit de la salle de bains... pour trébucher contre Steve qui passait dans le couloir. Par bonheur, le jeune homme la retint fermement par les épaules, lui évitant ainsi de se retrouver le nez par terre.

— Que, euh... qu'avez-vous fait d'Audrey ? jeta-t-elle aussitôt, plutôt pour se donner une contenance que par réelle curiosité.

— Elle dort. J'ai voulu installer son couffin dans le salon le temps de nettoyer la cuisine, et elle s'est endormie pendant le transfert. Elle ne profite même pas du nouveau paysage que je voulais lui offrir !

En voyant son sourire si près de son propre visage, Carla se rendit compte, brusquement, que les mains du jeune homme étaient encore sur ses épaules. Un léger frémissement lui parcourut le dos. Elle eut soudain la conscience aiguë qu'elle était nue sous le tissu-éponge et que lui ne portait en tout et pour tout qu'un simple jean.

— Je, euh... Il vaut mieux que j'aille m'habiller.

— Ne vous donnez pas tout ce mal pour moi, murmura-t-il en écartant une mèche humide du front de Carla.

La tendresse de ce geste la fit frémir plus fort.

— Steve...

— Est-ce que vous avez froid ?

— Non.

C'était tout le contraire ! Des vagues de chaleur en provenance d'un épicentre enfoui dans son ventre commençaient à lui faire fondre les os. La bouche de Steve n'était qu'à quelques centimètres de la sienne, mais elle ne s'écarta pas d'un millimètre.

— Comment faites-vous pour être si belle alors que vous n'avez presque pas fermé l'œil de la nuit ? Je trouve ça profondément injuste.

Etait-il sincère ? Sans doute, à en juger la façon dont il

la dévorait des yeux. Elle goûta un instant le compliment avant de tenter de montrer à quel point elle pouvait être ferme.

— Steve, nous...

— Je sais que ce n'est pas le moment, la coupa-t-il d'un air lugubre. Je sais que vous voudriez que je vous fiche la paix et que je vous laisse rentrer chez vous. Mais bon sang, Carla, je ne suis qu'un homme ! Et je rêve de toi depuis trop longtemps.

Carla voulut lui dire qu'elle n'avait pas envie qu'il l'embrasse, mais la bouche de Steve la fit taire, lui évitant ainsi de mentir. Car elle désirait ce baiser comme si sa vie en dépendait, malgré ce qu'elle avait tenté de se faire croire.

Steve, lui, n'avait manifestement pas été dupe.

Avec un gémissement d'abandon, elle encercla son cou de ses bras et commença d'embrasser Steve avec une fougue qui répondait à la sienne. Ce n'était plus son concurrent qu'elle embrassait, eut-elle encore la force de penser. Ce baiser, elle le dédiait au patron qui s'inquiétait davantage pour ses employés que pour lui-même, au célibataire qui sacrifiait ses nuits pour le bien-être d'un bébé abandonné, à l'homme prêt à prendre tous les risques parce qu'une jeune femme l'avait appelé à l'aide.

Enfin, Carla cessa de penser tout court pour se griser de sensations. Si Steve rêvait d'elle depuis leur première rencontre, elle allait lui montrer qu'elle aussi avait ses propres fantasmes !

Enhardi par la façon dont elle réagissait, Steve colla son corps contre celui de la jeune femme et ses mains glissèrent de ses épaules à ses hanches. Les lèvres du jeune homme se firent exigeantes, son baiser plus envoûtant. Puis, il s'empara de sa bouche avec une telle passion qu'une lame de feu la parcourut jusqu'aux orteils.

Après une brève minute, il plongea les mains dans les cheveux de Carla et lui caressa la nuque du bout des doigts tout en lui mordillant les lèvres.

— Si tu veux que j'arrête, dis-le-moi maintenant.

Il avait tellement envie d'elle qu'elle sentait ses doigts trembler sur sa nuque. S'il en avait été besoin, se dit-elle, ensorcelée, cela aurait fini de la séduire.

— N'arrête pas, Steve.

Ses lèvres désiraient ses baisers, et sa peau voulait sentir la caresse de ses mains, puissantes mais délicates. Sa bouche exigeait de savoir si le goût légèrement épicé de la bouche de l'homme se retrouvait sur les parties les plus secrètes de son corps. Son esprit se demandait quel effet cela ferait de planer avec lui sans jamais quitter le sol.

Planer jusqu'au septième ciel.

Carla tout entière désirait Steve et elle était décidée, pour une fois, à s'écouter, à faire enfin quelque chose pour elle, juste pour elle. Au moins pour une fois, pensa-t-elle en reposant ses lèvres sur celles de Steve, elle n'allait être ni raisonnable ni sérieuse. Il était plus que temps qu'elle fasse ses propres choix, en fonction de ses propres pulsions.

— Steve, demanda-t-elle d'une voix rauque, as-tu vraiment rêvé de moi?

— Oh oui! répondit-il contre sa bouche. Un si grand nombre de fois que j'en ai perdu le compte.

Elle lui caressa doucement les épaules, s'émerveillant encore de la chaleur qui irradiait de lui. C'était comme s'il produisait trop d'énergie virile pour pouvoir toute la garder à l'intérieur de son corps.

— Parle-moi de tes rêves, demanda-t-elle, étonnée de sa propre audace.

Elle vit ses prunelles noires se mettre à briller.

— Je préférerais te les mimer!

Carla sentit son cœur battre plus fort.

— Pourquoi pas? murmura-t-elle.

D'une manière ou d'une autre, Steve parvint à l'entraîner dans sa chambre sans cesser une seule seconde de l'embrasser. Mais elle savait déjà qu'il ne manquait pas de ressources...

Il défit la ceinture de la sortie de bain et glissa les mains dans le dos de Carla pour l'attirer tout contre lui. Au premier contact de leurs poitrines nues, elle retint son souffle, craignant qu'il trouve sa peau froide contre son corps brûlant, ou trop souple par rapport à la sienne tendue par les muscles. Il fallut qu'elle le sente vibrer de la tête aux pieds pour comprendre que cet instant magique l'émouvait autant qu'elle-même.

Il se mit à l'embrasser avec une telle passion que, bientôt, elle dut s'agripper à lui pour ne pas tomber. Quand les jambes de Steve le trahirent à son tour, ils s'effondrèrent ensemble sur le lit.

Avide de plaisir, Carla cambra les reins.

— Caresse-moi, je t'en prie.

— Cela fait si longtemps que j'attends ces mots !

— Eh bien, n'attends plus et caresse-moi !

Lorsque les mains viriles se refermèrent sur ses seins, la jeune femme gémit de soulagement et de plaisir. Le grognement de bien-être qui échappa à Steve lui apprit que ses propres caresses n'étaient pas sans effet.

Un reste de sens commun vint rôder sous son crâne pour lui rappeler qu'elle et Steve n'étaient pas précisément le couple idéal. Mais elle avait conscience qu'au cours des derniers mois, en dépit de sa résistance à accepter l'évidence, quelque chose de fort s'était tissé entre eux et qu'ils le savaient tous deux. En fait, elle le désirait déjà lorsqu'elle essayait de se faire croire qu'elle le détestait. Et elle le désirait bien davantage maintenant qu'elle avait passé un week-end avec lui et qu'elle avait découvert quelques-unes de ses qualités : la bonté, la générosité, la loyauté, la bravoure... Peut-être la décevrait-il, peut-être y laisserait-elle des plumes, mais ce serait le résultat, au moins, de sa propre décision.

Se délectant sous les mains adroites de Steve, Carla lui caressa la nuque, puis le cou, puis les épaules en s'extasiant encore de sa musculature. Quand il lui retira la sortie de bain, elle s'abandonna totalement au plaisir, déterminée à faire de ce moment une expérience mémorable, pour elle comme pour son amant. A en juger par les murmures d'approbation qui lui échappaient, elle répondait parfaitement aux désirs de Steve.

Carla poussa un cri de frustration quand il l'abandonna sans crier gare. Mais ce n'était que pour ôter son jean. L'instant d'après, lorsqu'il se mit sur elle, elle enlaça ses hanches de ses jambes pour l'empêcher de repartir, et elle colla sa bouche à la sienne. Il la fit gémir d'enchantement en se glissant en elle d'une seule poussée des reins et elle se pâma de délice lorsqu'il commença à se mouvoir en elle.

Au bout d'un moment, Steve s'arracha à ses lèvres et se mit sur les coudes, tremblant de l'effort qu'il faisait pour se contrôler.

— Carla..., murmura-t-il en entourant le visage de la jeune femme de ses mains et en le couvrant de baisers.

Il continua son mouvement de va-et-vient, mais si lentement que Carla se trouva comme suspendue dans les hauteurs de son extase. Elle n'osait presque plus respirer de peur de rompre la magie du moment. Elle resta une minute immobile, à l'écouter lui dire combien elle était belle, combien il avait attendu cet instant et combien faire l'amour avec elle était encore meilleur que dans ses fantasmes les plus fous.

Enfin, impatiente d'être délivrée, Carla se remit à le caresser et à bouger sous lui en lui demandant d'accélérer son rythme, en le suppliant de l'aider, en l'implorant de leur faire atteindre le bonheur à l'instant.

— Non, ma chérie, pas encore, lui souffla-t-il à l'oreille. J'ai attendu trop longtemps pour me presser maintenant.

— Mais nous devons...

Une caresse particulièrement inspirée la fit soupirer de plaisir.

— Nous devons nous hâter, reprit-elle. Le bébé...

— Le bébé dort, finit-il pour elle. Embrasse-moi.

Les lèvres de Steve rejoignirent de nouveau les siennes et sa langue joua à goûter sa bouche, à en explorer la moindre anfractuosité. Carla eut l'impression que son esprit se vidait, ou, plutôt, qu'il s'emplissait d'une jouissance ne demandant qu'à éclater. Les mouvements de son bassin s'accélérèrent, ses mains agrippèrent les épaules de Steve qui se mit à plonger en elle plus vite et plus profondément.

Elle vit venir le moment où il perdait pied. Un grognement sourd monta dans sa gorge, les faisant vibrer elle et lui. Puis, il lui donna exactement ce qu'elle avait demandé. Il l'emmena au ciel et, pour une fois, elle n'eut pas peur de décoller.

Steve tâtonna à côté de lui et se réveilla pour de bon. Il était seul dans le lit... Paresseusement, il se redressa sur un coude et jeta un coup d'œil au réveil. Il s'était passé un peu plus d'une heure depuis qu'il avait fait l'amour avec Carla. Un moment exceptionnel par son intensité ! Il n'avait pas eu l'intention de s'endormir juste après, mais deux nuits presque blanches l'avaient lessivé.

Le jeune homme s'étira voluptueusement. Il espérait que Carla ne lui en voulait pas de l'avoir abandonnée, mais dans le cas contraire, il était fin prêt à lui renouveler son hommage, et deux fois plutôt qu'une pour s'excuser d'avoir sombré dans les bras de Morphée ! En attendant, il éprouvait le besoin de se laver et de manger.

Pour qu'Audrey ne pleure pas à l'heure qu'il était, il fallait que Carla soit en train de la dorloter. Sûr que cette hypothèse était la bonne, Steve se rendit dans la salle de bains pour une douche rapide et prit même le temps de se raser en regrettant de ne pas l'avoir fait la nuit précédente. Carla avait une peau si délicate qu'il l'avait certainement écorchée !

Le simple fait de penser à la jeune femme recommençait à l'exciter. Décidément, il y avait trop longtemps qu'il n'avait pas fait l'amour, mais il n'y pouvait rien. Etait-ce sa faute si aucune femme ne l'attirait plus depuis qu'il avait rencontré Carla ?

En tout cas, une chose était sûre : entre eux, rien ne serait jamais plus comme avant. Il ne savait pas comment ils allaient aplanir leurs différends — ni accorder leurs différences ! — mais il était convaincu qu'ils y parviendraient car le jeu en valait vraiment la chandelle.

Mais auparavant, il fallait faire en sorte qu'Audrey retrouve sa mère.

En jean et pull-over, cheveux encore humides, il sortit de la salle de bains pour se mettre en quête de Carla.

Il la découvrit dans le salon, vêtue des habits de la veille, confortablement installée dans le fauteuil à bascule. Elle était en train de fredonner une berceuse à Audrey et cette dernière paraissait absolument fascinée. Steve trouva le tableau tellement émouvant qu'il fut forcé de s'éclaircir la gorge, attirant ainsi l'attention de la jeune femme. Elle leva brusquement les yeux et s'aperçut de sa présence.

— Audrey a voulu se lever. J'ai changé sa couche mais elle a refusé son biberon. Je pense qu'elle ne va pas tarder à avoir faim.

Directe, efficace. Pas un sourire. Seul un léger rosissement des pommettes montrait qu'elle n'avait pas oublié ce qui s'était passé un peu plus tôt. Mais si elle espérait en revenir à leur relation antérieure, elle se faisait des illusions. Steve en savait trop sur elle, maintenant, pour lui permettre de retourner dans sa forteresse. S'il respectait toujours sa compétence professionnelle, son intelligence et sa détermination, il savait aussi que tendresse, douceur et passion se dissimulaient derrière un masque de réserve qu'il lui apprendrait à ôter.

Il traversa la pièce et se pencha sur la jeune femme pour l'embrasser.

— Tu as pris ton petit déjeuner ? lui demanda-t-il en se redressant à regret.

Visiblement troublée par son baiser, elle se borna à secouer la tête.

— Eh bien, je vais nous préparer quelque chose à manger. Qu'est-ce qui te ferait plaisir ?

— Ce que tu choisiras pour toi me conviendra.

Avant de partir dans la cuisine, il lui caressa les cheveux. Ils étaient épais et soyeux, et il aimait la façon dont elle les portait, en vagues jusqu'au milieu du dos.

— J'aime tes cheveux, murmura-t-il avec tendresse. J'aime les voir bouger quand tu marches et qu'ils brillent au soleil comme une mer dorée. J'aime les voir étalés sur mon oreiller.

Cette fois, la jeune femme rougit carrément.

— Je ne...

Pour ne pas lui laisser l'occasion d'abîmer ce qu'ils avaient partagé, il choisit de s'éclipser.

— Je vais m'occuper du petit déjeuner, lança-t-il en quittant la pièce.

Steve sortit des œufs et du bacon du réfrigérateur d'un geste satisfait. En définitive, la première confrontation ne s'était pas trop mal passée. Carla avait bien essayé de feindre l'indifférence, mais il avait lu la vérité dans ses yeux : tout comme lui, elle était purement et simplement bouleversée par ce qui leur était arrivé. Elle avait juste besoin d'un peu de temps pour se faire à cette idée.

Vingt minutes plus tard, Steve alla annoncer à la jeune femme que le petit déjeuner était servi. Audrey ne dormant toujours pas, ils la sanglèrent dans son siège et l'installèrent sur la table de la cuisine. A leur grand soulagement, elle ne se révolta pas et se contenta de les regarder manger en suçant son poing.

— Je me demande à quoi elle peut bien penser, s'interrogea Steve au bout d'un moment.

Carla haussa légèrement les épaules.

— Elle se demande sans doute qui sont ces diables qui ne cessent de l'observer et comment elle pourrait faire pour qu'ils rentrent dans leur boîte.

Steve éclata de rire, heureux que la jeune femme se laisse aller à plaisanter.

— Oui, c'est certainement ce qu'elle a en tête !

Manifestement rassasiée, Carla repoussa son assiette et redevint grave.

— En fait, elle doit surtout se demander où est sa maman.

Steve opina lentement du chef. Il regrettait le brutal changement d'ambiance mais il reconnaissait en son for intérieur qu'il était urgent de retourner aux affaires sérieuses. Carla et lui auraient tout le temps de s'occuper d'eux-mêmes lorsque cette histoire serait réglée.

— Je finis de manger et j'essaie de nouveau de contacter Blake. Quelqu'un m'a indiqué, hier soir, à quel numéro de téléphone j'aurais des chances de tomber sur lui.

— Si tu ne parviens pas à le dénicher dans la journée, nous serons obligés de prévenir la police, à moins que nous n'embauchions un autre détective privé. Car je te rappelle que nous devons tous deux travailler demain. Et, de toute façon, nous devons tenir compte de la situation précaire dans laquelle se trouve Audrey.

— Je crois que tu ne devrais pas t'inquiéter outre mesure à ce sujet. Audrey est nourrie, pomponnée, bercée, aimée... Il me semble que nous nous en sortons aussi bien que la plupart des couples.

Carla se raidit sur sa chaise.

— Cette comparaison est très mal venue.

Elle avait peut-être raison, mais Steve se dit qu'il aimerait bien avoir des enfants avec elle...

— Je voulais juste souligner qu'Audrey était en sécurité, expliqua-t-il dans un souci d'apaisement. C'est plutôt le sort de Janice qui me paraît préoccupant.

— Tu as raison. Le simple fait d'être filée, hier soir, m'a proprement terrorisée. J'imagine donc l'état dans lequel doit être Janice !

Tout en parlant, Carla s'était levée et avait commencé à débarrasser. Le temps que Steve ait fini son assiette, il ne restait plus rien sur la table.

— Je vais rentrer chez moi me changer, déclara-t-elle alors. J'espère que le fait de rester seul avec Audrey une heure ou deux ne t'effraie pas ?

— Bien sûr que non. Mais je serais plus tranquille si tu me laissais appeler Bart pour qu'il t'accompagne.

— Je t'ai déjà dit que je n'avais pas besoin de garde du corps, rétorqua-t-elle. Il fait grand jour et mes voisins sont toujours chez eux le week-end. S'il le faut, je suis capable de hurler assez fort pour ameuter tout le quartier, mais il n'est pas question que je permette à la première crapule venue de m'empêcher de rentrer chez moi.

Steve grimaça un sourire.

— Je ne doute pas que tu sois assez grande pour t'en sortir seule, mon amour. Pardonne-moi de m'inquiéter pour toi.

Carla s'empourpra, probablement, pensa Steve, parce qu'il venait de l'appeler « mon amour ». Elle détourna vivement les yeux et regarda à droite et à gauche d'un air emprunté.

— Je, euh... Où sont donc passées mes chaussures ? bafouilla-t-elle. Ah, oui ! Dans la, euh, dans le salon.

Elle se dirigea précipitamment vers la porte de la cuisine.

— Je, euh... je dois vraiment y aller.

Steve suivit la jeune femme des yeux en se disant qu'elle était moins pressée de se changer que de fuir, ne serait-ce qu'un moment, l'intimité qu'ils avaient partagée. Il avait distingué un soupçon de panique dans ses prunelles qui n'avait rien à voir avec des inconnus tapis dans l'ombre...

Mais il la convaincrait. A force de patience, il lui ferait comprendre qu'elle n'avait pas à avoir peur, qu'elle pouvait lui faire confiance.

Car il l'aimait, et c'était son bonheur qui lui importait à présent plus que tout.

9.

Carla glissa les pieds dans ses chaussures, saisit la courroie de son sac et partit d'un pas rapide vers la porte. Elle ne voulait pas éclater en sanglots chez Steve, et elle ne se sentait pas capable de contenir encore longtemps l'envie de pleurer qui lui serrait la gorge. Dehors, le danger la guettait peut-être — bien qu'elle en doutât. Mais affronter les sentiments qu'elle éprouvait pour son concurrent la terrifiait davantage, en particulier lorsqu'il était en sa présence !

La jeune femme s'apprêtait à ouvrir sa voiture quand une voix masculine l'interpella.

— Excusez-moi...

Estomac noué, elle pivota sur les talons. Un individu surgi de nulle part s'était approché d'elle et se tenait immobile à moins de deux pas. Grand, blond aux yeux bleus, élégamment vêtu, il était incontestablement bel homme, mais le charme qui émanait de sa personne avait un parfum sulfureux.

— Qu'est-ce que vous voulez ?

Le ton agressif de la jeune femme ne le rebuta pas.

— Peut-être pouvez-vous m'aider. Je cherche...

C'en était trop. Trois jours auparavant, Carla menait encore une vie trépidante, stressante, ordonnée au point d'en être parfois un peu ennuyeuse, mais, en tout cas, une vie normale et sans risque. Elle n'avait pas à se soucier du sort d'un bébé innocent, elle n'avait pas à s'inquiéter pour la mère, elle ne craignait pas d'être filée en rentrant chez elle ou d'être harcelée au téléphone. Et elle n'avait pas peur, non plus, qu'un homme lui brise le cœur.

L'anxiété, les soucis et la fatigue des deux jours passés provoquèrent une explosion de colère que Carla ne chercha même pas à maîtriser. Elle enfonça l'index dans la poitrine de cet inconnu qui avait le front de venir l'importuner jusque devant chez Steve, et ne lui permit même pas de finir sa phrase.

— Ecoutez, vous — Park, Claybrook ou je ne sais quoi d'autre —, j'ignore vraiment où se trouve Janice Gibson. Est-ce que c'est clair ? Mais en admettant que je le sache, rien de ce que vous pourriez me dire ou m'offrir ne me ferait vous l'avouer. Je déteste être filée, harcelée ou grossièrement interrogée par d'exécrables gêneurs et je ne tolérerai pas que cela continue. Si vous ne disparaissez pas à l'instant pour toujours, j'appelle la police et je vous colle un procès qui vous fera regretter de jamais m'avoir adressé la parole.

Sur ce, elle le poussa si fort de son index qu'il recula d'un demi-pas.

— C'est compris, ou faut-il que j'insiste ?

Steve était apparu au milieu de sa tirade mais n'avait pas tenté de l'interrompre. Ce n'est que lorsqu'elle eut terminé que l'inconnu se tourna vers lui avec un air d'admiration amusée.

— Si je n'étais pas déjà marié à une femme que j'aime, je crois que je tomberais immédiatement amoureux.

Steve eut un petit rire et prit tendrement Carla par l'épaule.

— Moi-même, je suis fou d'elle ! affirma-t-il.

Interloquée, la jeune femme fixa l'étranger bouche bée. Qui était donc cet homme ?

— Je te présente Blake, annonça alors Steve. C'est l'ami dont je t'ai parlé. Blake, voici Carla Jansen.

— Mais... je pensais que tu n'avais pas réussi à le contacter.

— C'est exact, répondit le jeune homme en tournant vers le détective un regard interrogateur.

Ce dernier se débarrassa de la question d'un haussement d'épaules.

— On m'a dit que tu cherchais à me joindre. Et si j'en juge par ce que je viens d'entendre, poursuivit-il avec un petit sourire en direction de Carla, je crois comprendre pourquoi tu avais besoin de mes services.

— En effet, j'en ai bien besoin, opina Steve.

Il lâcha la jeune femme pour tendre la main au détective.

— Merci de t'être déplacé. Je suis vraiment heureux de te revoir.

Blake lui serra la main avec cette effusion que l'on réserve à ses vrais amis.

— Moi de même. Nous devrions nous voir un peu plus souvent.

— Entre donc, que je te raconte pourquoi j'ai fait appel à toi. Carla, tu nous accompagnes?

La jeune femme avait envie de rentrer chez elle, mais elle était très curieuse d'entendre ce qu'allait proposer Blake pour retrouver Janice. Aussi ouvrit-elle la voie vers la maison.

— Je ne veux pas rater ce que vous allez dire, lança-t-elle sans se retourner.

Elle se concentrerait sur les problèmes de Janice et remettrait l'examen des siens à plus tard, décida-t-elle. Quant à la petite phrase de Steve qui lui avait fait bondir le cœur, elle aurait bien le temps d'y repenser et de se demander s'il était réellement « fou d'elle ».

Lorsqu'ils entrèrent dans le salon, Audrey commençait à manifester une certaine mauvaise humeur d'avoir été ainsi abandonnée. Elle était en train de gesticuler sur son siège en poussant des vagissements de reproche.

Pendant que Carla la détachait de son siège pour la prendre dans ses bras et la calmer, Blake s'approcha et observa le tableau avec curiosité.

— Il est à vous? demanda-t-il à Steve.

La jeune femme se sentit rougir mais le jeune homme, lui, ne paraissait pas du tout démonté.

— Non, répondit-il. Cette petite personne se nomme Audrey. C'est en partie à cause d'elle que nous t'avons appelé.

— Vraiment?

Blake caressa d'un doigt la joue de la petite fille.

— Elle est minuscule, non?

— Elle n'a que quelques jours, précisa Carla.

Le détective semblait fasciné par le bébé.

— Ma femme est enceinte de trois mois, expliqua-t-il.

— Tu es sérieux? s'extasia Steve. Où est donc passé le célibataire endurci que j'ai connu naguère?

Blake eut un large sourire.

— La vie nous fait changer, mon ami. J'ai épousé Tara depuis plus de deux ans et j'en suis très heureux. Je suis toujours détective privé, mais je me déplace beaucoup moins qu'avant. En fait, je me cantonne pratiquement à la région d'Atlanta. C'est là que j'habite.

Carla s'installa avec Audrey dans le fauteuil à bascule en se demandant fugitivement si Steve était lui aussi un célibataire endurci...

— Je vais faire du café, annonça ce dernier à ce moment-là. J'en ai pour une minute.

Blake alla s'asseoir sur le canapé et se tourna vers la jeune femme.

— Désolé de vous avoir surprise, tout à l'heure, s'excusa-t-il. Mais dites-moi, vous avez mentionné un Claybrook. S'agit-il de Frank Claybrook?

Carla écarquilla les yeux.

— Je crois, oui. Le connaissez-vous?

— Il y a un détective privé de ce nom à Saint Louis,

Missouri. Il s'agit d'un ancien boxeur qui ne s'embarrasse généralement pas de scrupules.

— On dirait bien le type que j'ai rencontré, déclara Steve de la cuisine. Et Walter Park ? Est-ce que ce nom te dit quelque chose ?

— Park... Ce pourrait être un détective privé de Springfield, également dans le Missouri. Mais je ne sais pas s'il porte ce prénom.

Steve parut avec un plateau sur lequel étaient disposés trois tasses, une cafetière et un sucrier. Il le déposa sur la table basse, remplit les tasses et attendit le jugement de son ami. Celui-ci trempa les lèvres dans le café avant de lui adresser un hochement de tête satisfait.

— Super ! Maintenant, je t'écoute.

Aussi succinctement que possible, Steve lui narra alors toute l'affaire. Pendant ce temps, Blake sirotait son café d'un air absent, mais Carla se dit qu'à coup sûr, il ne perdait pas un mot du récit.

Quand Steve eut terminé, le détective le contempla un moment pensivement.

— Combien de personnes sont au courant pour le bébé ? demanda-t-il enfin.

— Pour autant que nous le sachions, il n'y a que Madelyn et Bart, mes deux collaborateurs. Ma voisine sait qu'il y a un bébé chez moi — je lui ai emprunté un couffin — mais je lui ai dit que c'était celui d'une amie malade qui me l'avait confié pour le week-end.

Le détective jeta un coup d'œil vers Audrey qui était en train de sucer son poing dans les bras de Carla.

— Jusqu'à quand comptez-vous garder ce bout de chou ?

La jeune femme s'apprêtait à répondre mais Steve la devança.

— Nous pensions avertir la police ce soir au cas où Janice ne serait pas réapparue. Carla voulait le faire dès vendredi soir, mais Madelyn, Bart et moi l'avons convaincue d'attendre.

— C'est vrai, admit la jeune femme, un peu sur la défensive. Au début, je pensais qu'Audrey serait dans de meilleures mains si elle était confiée aux services sociaux.

— Vous avez changé d'avis ?

Carla regarda tendrement le nouveau-né et poussa un soupir.

— Il se peut que ce soit toujours la meilleure solution. Cela étant, je ne suis pas sûre de pouvoir encore accepter de laisser Audrey à des étrangers sans savoir quand on la rendra à sa mère — ou, même, si on la lui rendra un jour.

— Donc, conclut Blake, comme s'il s'agissait d'un détail, tout ce qu'il nous reste à faire, c'est retrouver la mère.

— Et c'est là où tu interviens, acquiesça Steve.

— D'accord. Toutefois, je ne peux promettre de la retrouver avant ce soir. Qu'allez-vous faire de l'enfant s'il me faut un jour supplémentaire ?

Lorsque le regard de Steve se posa sur elle, Carla dut étouffer un gémissement de protestation. Elle savait qu'il lui était plus facile à elle qu'à lui de s'absenter un ou deux jours. Le personnel de J.C.S. était assez nombreux pour que la compagnie ne souffre pas d'un congé raisonnablement court de son patron, ce qui n'était pas le cas de L.A.S. Mais le bébé était d'abord le problème de Steve et, de plus, elle pourrait prendre avantage de son absence au bureau pour marquer des points contre lui...

Il suffit qu'Audrey se pelotonne contre elle pour que Carla retrouve sa vraie nature. Comment pourrait-elle agir comme si le bébé n'avait jamais existé ? Et comment pourrait-elle retourner la générosité de Steve contre lui ? Certes, c'était exactement ce qu'aurait fait son père. Mais, justement, il n'était plus là pour juger sa conduite.

« Désolé, papa, pensa-t-elle. Il semble que je m'apprête à te décevoir une nouvelle fois. »

— Je m'occuperai d'Audrey, demain, aussi longtemps qu'il le faudra, annonça-t-elle d'une voix calme.

Le sourire de Steve alluma un brasier au plus profond d'elle.

— Je te remercie de tout mon cœur, Carla chérie.

Blake les considéra d'un œil inquisiteur.

— Alors, vous deux, vous êtes... ?

— Concurrents ! se hâta de répondre la jeune femme.

— Amis intimes, corrigea Steve. Amis très intimes.

Carla songea une seconde à l'étrangler. Il aurait fallu que Blake soit stupide pour ne pas s'apercevoir qu'il y avait quelque chose entre elle et Steve. Et le détective était manifestement un homme perspicace !

Par bonheur, il semblait également discret. Il ne posa plus de questions personnelles et recentra son intérêt sur Janice.

— Que savez-vous d'autre sur la mère du bébé ?

Steve et Carla lui expliquèrent qu'ils ne savaient presque rien de cette jeune femme qu'ils avaient tous deux employée.

— J'ai suivi toutes les pistes auxquelles j'ai pu penser, conclut le jeune homme, mais cela ne m'a mené à rien.

— Moi, je la trouverai, répondit Blake sans s'émouvoir. C'est mon métier.

— Quand ce sera fait, ramène-la-nous, demanda Steve. Quel que soit son problème, nous l'aiderons.

Le détective se tourna vers Carla.

— Vous êtes d'accord ?

— Bien sûr ! assura-t-elle, presque indignée de la question.

Pourquoi Blake, comme tant d'autres, prenait-il donc sa réserve naturelle pour de la froideur ?

L'homme lui décocha un hochement de tête approbateur.

— On dirait que Janice ne s'est pas trompée en vous confiant son bébé !

Carla préféra ne pas lui révéler que, techniquement parlant, c'était à Steve qu'Audrey avait été confiée...

Le détective reposa sa tasse sur la table et se leva.

— Bien! Je vous contacterai dès que j'aurai du nouveau.

— Vous partez déjà? Mais nous n'avons même pas parlé de vos honoraires! protesta la jeune femme.

Il lui adressa un sourire charmeur.

— Rappelez-moi de vous raconter, un de ces jours, ce que je dois à Steve.

Sur ce, il se pencha sur Audrey et lui chatouilla le bout du nez.

— A bientôt, ma belle. Je vais chercher ta maman, d'accord?

Puis il partit en saluant les adultes d'un simple geste de la main.

Quand la porte claqua dans le dos de Blake, Carla se tourna vers Steve.

— Alors, tu lui fais confiance pour retrouver Janice?

— Et toi, qu'en penses-tu?

La jeune femme se donna le temps de la réflexion.

— Je crois qu'il y a de bonnes chances pour qu'il retrouve sa trace.

— Moi aussi. Au fait, j'ai vraiment apprécié que tu te proposes pour garder Audrey, demain. Je me doute que la décision n'a pas été facile.

— Je l'ai fait pour Audrey, pas pour toi, répliqua-t-elle d'un ton bourru.

Steve s'approcha d'elle et lui caressa les cheveux. Carla se dit que ce geste avait l'air de lui plaire, et elle se demanda s'il se doutait que chacune de ses caresses la faisait frissonner.

— Tu te caches derrière les mots, murmura-t-il, un sourire dans la voix. Mais cette fois, je ne te crois pas. Tu savais très bien qu'Audrey ne risquait rien, que je me serais arrangé pour rester ici si, toi, tu n'avais pas pu. Mais tu savais aussi qu'il m'est difficile de m'absenter du bureau, ne serait-ce qu'un seul jour. C'est pour moi et pas pour Audrey que tu as accepté de la garder. Et crois bien que j'apprécie ton geste à sa juste valeur.

Carla essaya encore de le duper.

— Ne sois pas ridicule! Pourquoi t'aiderais-je à faire tourner ton affaire alors que mon plus grand plaisir serait de la voir couler?

Steve se pencha sur elle pour effleurer ses lèvres d'un baiser.

— Lorsque tu auras la réponse à cette question, j'espère que tu me le feras savoir.

Son esquisse de baiser avait donné à la jeune femme l'envie d'en avoir plus. Elle s'empressa de baisser les yeux avant qu'il puisse y lire son désir naissant.

— Audrey va bientôt réclamer son biberon...

— Je vais le préparer.

Quel homme attentionné! pensa Carla. Il agissait comme s'il avait compris qu'elle avait besoin de prendre ses distances pour analyser ses émotions.

Pourtant, quand il s'éloigna d'elle, la jeune femme se sentit inexplicablement déçue.

Une heure plus tard, lorsque Carla se retrouva enfin chez elle, tant d'événements avaient eu lieu depuis la veille au soir qu'elle eut l'étrange sensation de ne pas être revenue dans son appartement depuis des siècles. Un peu étourdie, elle contempla quelques secondes la lumière clignotante de son répondeur et décida que les messages pouvaient attendre. Pour l'instant, une seule chose lui paraissait urgente : enfiler des affaires propres.

Quand elle ressortit de sa chambre, elle s'était changée, avait rassemblé ses cheveux en un chignon lâche, et retouché le peu de maquillage qu'elle s'était mis le matin. Dans son pantalon noir et sa blouse noire à motifs géométriques rouges, on aurait dit qu'elle partait pour le bureau et, pour une raison ou pour une autre, elle se sentait en quelque sorte protégée par cette apparence. Non pas, d'ailleurs, qu'elle ait grand-chose à craindre, pensat-elle un peu honteusement en se dirigeant vers le répondeur. Cette fois, personne ne l'avait suivie en voiture et aucun monstre ne l'attendait derrière sa porte d'entrée !

La machine indiquait quatre messages. Elle pressa le bouton de lecture sans pouvoir se débarrasser de la sourde angoisse qui lui serrait l'estomac. Les deux premiers messages avaient été laissés par deux de ses employés ; elle se promit de les rappeler. Le troisième provenait d'un garçon qu'elle avait connu à l'université et qui souhaitait reprendre contact avec elle. Elle nota son numéro avec un sourire nostalgique et se détendit un peu en se remémorant les canulars qu'il avait coutume de monter.

La voix de basse qui surgit soudain du haut-parleur prit Carla au dépourvu. « Mademoiselle Jansen, Frank Claybrook à l'appareil. Je suis détective privé et je recherche l'une de vos employées, Janice Gibson. Je vous remercie de me rappeler dès que vous entendrez ce message. Je suis descendu au Discount Motel, dans Ninth Street. » Il concluait par le numéro de téléphone de l'établissement.

— Tu t'illusionnes, Claybrook, murmura la jeune femme, sans prendre la peine de noter le numéro. Je n'ai pas l'intention de te rappeler.

En définitive, entendre la voix de l'un des individus lancés à la poursuite de Janice n'avait pas été une épreuve aussi terrible qu'elle le craignait. Soulagée par cette constatation, la jeune femme passa l'heure suivante à préparer son éventuelle absence du lendemain au bureau. Elle voulait rester accessible, sans pour autant donner le numéro de Steve de peur que l'un ou l'autre de ses employés le reconnaisse et sache ainsi qu'elle passait son temps chez l'homme qui voulait abattre J.C.S. !

— Si vous devez me joindre, indiqua-t-elle à sa secrétaire, appelez-moi sur mon portable.

L'efficace Pamela ne s'était apparemment pas offusquée d'être dérangée chez elle un dimanche après-midi.

— Très bien, mademoiselle Jansen. Et si M. Alexander appelle ?

Carla fut alors frappée par un fait auquel elle n'avait jamais prêté attention jusqu'à cet instant : pas plus sa secrétaire que le reste du personnel de J.C.S. ne l'appelait par son prénom ! Même pour ceux des employés qu'elle connaissait depuis l'enfance, elle était « Mademoiselle Jansen » comme son père avant elle avait été « Monsieur Jansen ».

Et aucun d'entre eux, sans doute, n'aurait pensé à se tourner vers elle en cas de problème.

Décidément, en voulant prouver à son père qu'elle pouvait lui ressembler, elle avait mis de côté une grande partie de son humanité...

— Mademoiselle Jansen ?

La voix de la secrétaire vint tirer Carla de sa réflexion.

— Oui, Pamela ?

— Que dois-je faire si M. Alexander appelle ?

— Donnez-lui mon numéro de portable. Je lui consacrerai le temps qu'il faudra.

Jack Alexander était un gros distributeur dont Carla cherchait depuis un bon bout de temps à s'attirer la clientèle. Elle essayait de le convaincre qu'il était de son intérêt d'employer les services d'une compagnie de transports aériens comme la sienne, aux tarifs très souples, plutôt que de continuer à utiliser le transport routier. Elle pensait que les discussions aboutiraient bientôt et tenait donc à rester disponible pour cet homme.

— Y a-t-il autre chose, mademoiselle ?

— Non, ce sera tout pour l'instant, répondit Carla.

Elle hésita une seconde avant d'ajouter :

— Pamela... Je vous remercie. Désolée de vous avoir dérangée un dimanche.

— Ce n'est pas grave, mademoiselle Jansen, assura la secrétaire d'un ton où perçait une légère surprise.

La jeune femme raccrocha en se promettant d'étudier de plus près les techniques de management de Steve Lockhart, au moins pour ce qui concernait la gestion de son personnel. Et tant pis si ce projet faisait se retourner son père dans sa tombe !

Une fois la journée du lendemain organisée, Carla se prépara à retourner chez Steve. Elle lui faisait confiance pour s'occuper d'Audrey mais il avait sans doute un peu de ménage à faire, sans oublier la lessive de serviettes et de grenouillères qu'elle s'était promis de mettre en route. Cependant, l'idée de se retrouver face à son amant d'un jour la mettait pour le moins mal à l'aise. En fait, pensa-t-elle en se laissant glisser sur le canapé, elle était même proprement terrifiée de devoir affronter les sentiments qu'elle nourrissait pour lui.

Pourquoi tout était-il si compliqué ? soupira-t-elle.

Il y avait, bien sûr, les craintes qui allaient de pair avec une relation naissante. Considérait-il leur relation comme une simple aventure ? L'intéresserait-elle encore maintenant qu'ils avaient fait l'amour ?... Mais, dans ce cas précis, il y avait aussi d'autres interrogations que Carla ne prenait pas à la légère. Car même si Steve gérait son affaire avec une désinvolture apparente, elle savait qu'il y avait investi une grosse part de son énergie et qu'il lui avait fallu une détermination hors du commun pour parvenir là où il en était en si peu de temps. L.A.S. était son œuvre, encore en cours de création, et la jeune femme se demandait jusqu'où Steve était prêt à aller pour asseoir son succès.

Dans la course à la clientèle, saurait-il rester loyal, par exemple, envers ses concurrents, y compris envers cette concurrente très particulière qui lui avait donné son corps ?

Carla se massa le front d'une main lasse. Steve était très différent de son père, mais les deux hommes partageaient certains traits. Tous deux faisaient partie de la race des chefs, de ceux qui ne restaient pas à l'arrière-plan : on écoutait ce qu'ils disaient, on les suivait instinctivement... Tout comme Louis, Steve vivait selon ses propres règles et résolvait ses problèmes sans faire appel à quiconque.

Que deviendraient les sentiments qu'il éprouvait peut-être pour Carla si celle-ci parvenait vraiment à mettre L.A.S. en faillite ?

Il semblait bien que tout cela ne pût se terminer que par un désastre. Alors, la question se posait : était-elle prête à se précipiter aveuglément dans le mur au moment où elle commençait enfin à penser qu'elle détenait les clés de son destin ?

10.

En retournant chez Steve, plus tard dans l'après-midi, Carla savait exactement à quoi s'en tenir sur ses sentiments. Il lui avait fallu un certain temps pour réfléchir à ce qu'étaient ses priorités mais, finalement, elle était parvenue à une certitude : l'élan auquel Steve et elle s'étaient abandonnés était une impulsion passagère qui n'aurait pas de suites. Ils étaient bien trop différents et... bien trop occupés par leurs entreprises rivales pour envisager une relation sérieuse.

Voilà ce qu'elle allait lui dire, et Steve ne pourrait que l'approuver.

La jeune femme se gara sur l'allée, attrapa le sac de courses qu'elle avait faites pour le dîner et grimpa les marches du perron d'un pas déterminé. Sous la sonnette, la note que Steve avait collée lui arracha un sourire : « Le bébé dort. Ne sonnez pas. » Apparemment, Audrey avait rechigné à faire la sieste !

Carla tapa doucement à la porte. Steve ouvrit immédiatement.

— Audrey vient juste de s'endormir, expliqua-t-il à voix basse. Elle n'était pas dans son bon jour.

— Tu crois qu'elle est malade ? s'inquiéta la jeune femme.

Steve la débarrassa du sac de courses.

— Je crois surtout que tu lui manquais, affirma-t-il. Ce que je comprends d'ailleurs parfaitement.

Quel incorrigible charmeur! se dit Carla. Mais cette remarque — au demeurant, fort agréable à entendre! — lui donnait une excellente occasion d'introduire le sujet qui lui tenait à cœur.

— Steve, commença-t-elle, je veux te...

— Je vais poser ce sac dans la cuisine. Est-ce que tu as pris le temps de déjeuner?

— Oui, voilà au moins deux heures. Et toi?

— J'ai profité d'une pause d'Audrey pour me faire un sandwich.

Bien qu'elle ait gardé le bébé la veille et qu'elle ait proposé ses services pour le lendemain, Carla ne put s'empêcher de se sentir un peu coupable d'avoir laissé Steve seul avec Audrey pendant si longtemps. Toutefois, elle ne tarda pas à se reprendre : elle n'était pas venue pour s'excuser!

— Steve, reprit-elle en le suivant dans la cuisine, il y a une chose que...

Il s'était mis à vider le sac et l'interrompit de nouveau.

— On dirait qu'il y a tout ce qu'il faut pour faire des lasagnes.

— Oui. Je me suis dit que tu devais en avoir un peu marre de manger des plats préparés.

— Excellente idée! J'adore les lasagnes.

Steve rangea les produits périssables dans le réfrigérateur et laissa le reste sur le plan de travail. Puis il s'approcha de Carla, sourire aux lèvres.

— Je ne sais pas ce que j'aurais fait sans toi, ce weekend.

Il avait parlé sur ce ton intime que la jeune femme redoutait tant. Elle se força à rester de marbre.

— Il fallait bien que quelqu'un t'aide. Apparemment, j'étais la seule à pouvoir le faire.

— Et tu es celle que je voulais chez moi, murmura-t-il en lui effleurant la joue du dos de la main.

Carla déglutit péniblement. Consciente que ce tête-à-

140

tête ne les mènerait nulle part, elle décida de reprendre l'initiative.

— Steve, ce que nous...

— Sais-tu depuis combien de temps je ne t'ai pas embrassée ?

Sa voix était ensorceleuse, son regard doux comme du velours.

— Depuis des heures, Carla chérie. Des heures qui m'ont paru durer des semaines.

La jeune femme s'éclaircit la voix.

— Justement, commença-t-elle d'un ton ferme, c'est de cela que je voulais te parler.

Steve lui effleura des lèvres le bout du nez.

— Pourquoi perdre du temps en vaines paroles ?

Avant qu'elle ait pu protester, la bouche du jeune homme était sur la sienne.

Au bout d'une éternité, Steve releva un peu la tête — autant que le lui permettaient les bras de Carla, étroitement noués autour de son cou.

— As-tu la moindre idée de l'effet que tu me fais ? soupira-t-il.

Et lui, se doutait-il que les jambes de la jeune femme se transformaient en coton à chacun de ses sourires ? Que le moindre frôlement de ses mains la faisait trembler ? Que lorsqu'il l'embrassait, son esprit se vidait de toute pensée rationnelle ?

— Il y a une chose que je veux te dire, parvint-elle à placer.

En même temps, elle inclinait la tête pour qu'il puisse lui mordiller plus aisément le lobe de l'oreille.

— Je t'écoute, prétendit-il en lui agaçant le tour de l'oreille du bout de la langue.

Elle s'agrippa de nouveau à son cou.

— Je... Mmm... Je voulais t'expliquer pourquoi...

La voix de Carla se transforma en gémissement quand la main de Steve se referma sur son sein et qu'il se mit à lui en caresser la pointe durcie du bout du pouce.

— Que disais-tu ? demanda-t-il, les lèvres contre les siennes.

Il fallait qu'elle lui dise d'arrêter, se souvint-elle. Cela ne servait à rien qu'il l'embrasse puisqu'ils n'étaient pas faits l'un pour l'autre.

La bouche de Steve s'empara de la sienne. Elle lui ouvrit les lèvres en pensant que, après tout, il n'y avait pas vraiment urgence, qu'elle pourrait toujours lui parler tout à l'heure...

Quelques minutes plus tard, lorsqu'il s'écarta pour qu'ils puissent reprendre leur souffle, un sourire de pure séduction flottait sur ses traits.

— Audrey ne se réveillera pas avant un bon moment, murmura-t-il.

Carla comprit tout de suite ce qu'il sous-entendait. La bonne résolution qu'elle avait prise lui revint alors à la mémoire, mais de façon furtive. Car si elle n'entendait pas revenir sur sa décision, la jeune femme — tourmentée de désir — voulait se donner une dernière occasion de feindre de croire à un futur possible entre elle et Steve.

Le jeune homme prit la main qui lui caressait la joue et en embrassa tendrement la paume.

— J'ai envie de toi, Carla chérie.

— Moi aussi, j'ai envie de toi, répondit-elle avec un soupir d'abandon.

Elle avait conscience de faire une folie mais cela n'avait plus d'importance.

Steve semblait pressé de l'avoir à lui. Sans crier gare, il la souleva dans les bras d'un mouvement puissant et partit vers la chambre. La jeune femme retint son souffle : c'était la première fois qu'un homme l'emportait dans son lit, et elle trouvait cela follement excitant.

— Le bébé ?... trouva-t-elle encore la force de demander.

— Cette fois, j'ai installé le couffin dans la chambre d'amis.

Steve déposa Carla sur le lit et s'agenouilla à côté d'elle. Les vêtements qu'elle avait mis comme une armure ne résistèrent pas à ses doigts habiles et, en moins d'une minute, elle se retrouva nue sur le drap.

Paupières closes pour mieux savourer le plaisir qui la submergeait par vagues, elle sentit les lèvres de son amant parcourir sa gorge avant de s'emparer d'un téton durci par le désir. Quand il l'agaça de la langue et qu'il se mit à le mordiller doucement, Carla gémit de délice et se cambra sous sa bouche. Il descendit alors plus bas, chatouillant son nombril d'une caresse qui la fit frissonner d'expectative, avant de descendre encore pour la faire gémir de sensations si intenses qu'elle s'envola presque sans lui.

Carla plongea les doigts dans les cheveux de Steve et, avide de jouissance, le força à remonter sur elle. Elle l'accueillit d'un soupir extatique quand il la pénétra de toute sa vigueur et, cette fois encore, elle partit avec lui au-dessus des nuages, heureuse et sans crainte.

Quelques minutes plus tard, les idées de Carla se furent suffisamment éclaircies pour que la situation lui apparaisse dans toute sa réalité. Elle soupira alors intérieurement d'impuissance sur ce qui venait de se passer et se dit qu'il n'était pas trop tard pour revenir à une attitude plus raisonnable. Tout doucement, elle leva la tête de l'épaule de Steve, mais en la sentant bouger, il s'étira et ouvrit de lourdes paupières.

— Où vas-tu ?

— Je vais voir si Audrey dort toujours.

— Bien sûr, qu'elle dort ! Si elle désire quoi que ce soit, elle nous le fera savoir.

— Je vais tout de même aller jeter un coup d'œil dans le couffin.

Carla avait surtout besoin de mettre un peu de distance

entre elle et Steve. Rester, comme ça, nue dans ses bras était insupportable de douceur.

— Encore un petit baiser, murmura Steve.

Joignant le geste à la parole, il l'attira contre sa bouche et ne la relâcha qu'avec une répugnance manifeste.

Les vêtements de la jeune femme, encore si frais une demi-heure auparavant, étaient froissés et éparpillés dans la pièce. Elle les ramassa rapidement et s'enfuit dans la salle de bains, intimidée par le regard gourmand que Steve portait sur son corps.

Lorsqu'elle en ressortit, elle avait presque retrouvé l'apparence de chef d'entreprise qu'elle arborait à son arrivée. Seuls le rouge de ses pommettes et ses cheveux défaits témoignaient encore de ce qui s'était déroulé peu de temps auparavant. Mais, déjà, Carla s'en voulait de son manque de volonté. Si elle était incapable de résister au premier assaut de Steve, comment s'en sortirait-elle dans les semaines à venir ?

Elle entra dans la chambre d'amis et s'approcha du couffin sur la pointe des pieds. Audrey n'était pas tout à fait réveillée, mais elle commençait à s'agiter, cognant la tête contre le matelas et faisant avec la bouche de drôles de petits bruits. S'occuper d'un bébé prenait vraiment beaucoup de temps et d'énergie, pensa-t-elle. Elle-même n'en aurait vraisemblablement jamais, et c'était sans doute aussi bien...

D'une humeur inexplicablement morose, elle leva les yeux du couffin... pour constater que Steve, appuyé au chambranle de la porte, était en train de l'observer.

— Tu n'arrêtes donc jamais de fuir ?

Elle le fixa quelques secondes par-dessus le couffin. Il avait remis son jean et son pull et s'était vaguement recoiffé, mais il avait bien l'air de quelqu'un qui venait de sortir du lit.

— Je ne vois pas ce que tu veux dire.

— Chaque fois que je te crois proche, tu t'en vas. De quoi as-tu peur, Carla ?

« De toi », eut-elle envie de hurler. « Ou, plutôt, de me perdre en toi au moment où je commence à entrevoir en moi la femme indépendante et sûre d'elle-même que j'avais toujours rêvé d'être. »

Mais elle n'allait pas lui dévoiler ses faiblesses.

— Je n'ai peur de rien, répondit-elle en le défiant du regard.

— Carla...

A ce moment-là, Audrey eut la bonne idée d'ouvrir les yeux et de se mettre à geindre.

— Elle a dû mouiller sa couche ! lança précipitamment la jeune femme en se penchant pour la prendre. Je vais la changer.

— Tu te caches derrière un bébé ?

Carla lui décocha un regard de reproche.

— Je t'en prie, Steve, ce n'est pas le moment de parler de nous. Il y a des choses plus urgentes à faire.

— Peut-être, grommela-t-il. Mais il faudra quand même en parler bientôt. On ne fait pas disparaître un problème en se bornant à se conduire comme s'il n'existait pas.

Il avait raison, bien sûr. C'était juste qu'elle n'avait pas envie d'aborder ce sujet maintenant.

Une fois Audrey propre et changée, Carla la tendit à Steve.

— Je vais préparer le dîner, annonça-t-elle sans oser, à présent, le regarder dans les yeux.

— Carla...

— S'il te plaît, Steve. J'ai besoin d'un peu de temps.

Le jeune homme soupira lourdement.

— Tu es en train de me rendre fou.

— Je sais, répondit-elle d'un air sérieux.

Elle aussi était en train de devenir folle. Sinon, comment expliquer qu'elle finissait régulièrement au lit avec Steve alors qu'elle était sûre, ce faisant, de commettre une grossière erreur ?

Le problème, évidemment, c'était que cela avait l'air d'une excellente idée au moment de la décision...

Assis dans le fauteuil à bascule, tenant Audrey rassasiée dans les bras, Steve écoutait distraitement les bruits de couverts et de plats qui provenaient de la pièce voisine. Il avait laissé Carla seule le temps de donner son biberon au bébé et pensait à la drôle de relation qu'elle était en train d'instaurer entre eux.

Comme pour attirer son attention, Audrey poussa soudain un petit cri. Il posa les yeux sur elle et ne put s'empêcher de sourire aux grimaces qu'elle lui faisait.

— Quand tu seras grande, lui promit-il à voix basse, je suis sûr que tu seras belle, intelligente et exceptionnellement séduisante. Une seconde Carla, en quelque sorte !... Mais, dis-moi, est-ce qu'alors tu chercheras à rendre un homme fou de toi pour le seul plaisir de lui mettre la tête à l'envers par une conduite imprévisible ?

Audrey parut rejeter cette perspective par un petit grognement qui provoqua l'hilarité de Steve. Il aimait être assis comme cela, à observer le bébé faire des grimaces. Cela lui rappela que Blake, ex-coureur de jupons invétéré, serait papa dans quelques mois... Lui-même n'avait guère eu le temps, jusqu'à présent, de se demander s'il voulait des enfants, mais depuis le début du week-end, il n'avait cessé d'y penser. A cause d'Audrey, dont il s'était occupé, lui semblait-il, assez bien, mais aussi à cause de Carla, la seule femme avec qui il rêvait de les faire !

La gorge serrée par l'émotion, Steve se dit qu'il donnerait cher pour savoir ce que la jeune femme avait en tête et quels étaient ses sentiments à ce moment précis. Il avait toujours pensé qu'elle dissimulait un caractère passionné sous des dehors pour le moins réservés et avait été ravi de découvrir sa vraie nature. Mais comment devait-il s'y prendre, à présent, pour la convaincre qu'elle pouvait se fier à lui, qu'il n'essaierait pas d'exploiter contre elle ce qu'elle lui révélait de son âme ? Car c'était la peur, à coup sûr, qui la faisait se rétracter dans sa coquille chaque fois qu'elle en sortait. La peur d'être blessée, la peur d'écouter son cœur, la peur de mettre en péril l'entreprise qu'elle avait héritée de son père.

Il voyait clair en elle et son seul désir, maintenant, était qu'elle voie clair en lui. Elle devait comprendre qu'il était fou amoureux d'elle, qu'il l'était depuis le premier instant et qu'il n'était pas le genre d'homme à pouvoir mettre ses sentiments sous cloche dans l'attente de jours meilleurs.

L'apparition de Carla sur le seuil de la porte tira Steve de sa réflexion.

— Monsieur sera bientôt servi, annonça-t-elle.

Elle semblait enfin de meilleure humeur !

— Si le goût de tes lasagnes est aussi bon que leur odeur, nous allons nous régaler !

Carla le remercia d'un sourire.

— Tu penses qu'Audrey acceptera de nouveau de nous regarder manger ?

— Probablement. Je crois qu'elle a décidé d'être sage.

La jeune femme enveloppa le bébé d'un regard chargé de tendresse.

— On dirait, oui.

En deux jours, Carla s'était visiblement attachée à Audrey, remarqua Steve. Est-ce qu'elle aussi ressentait maintenant l'envie d'avoir un bébé ?

Il ne le lui demanda pas ; le moment n'était pas propice. Mais il le ferait bientôt.

Il se levait du fauteuil à bascule quand le téléphone se mit à sonner. Il se rassit, installa Audrey sur son bras gauche et décrocha. Il nota que Carla s'approchait, dans l'espoir manifeste que l'appel leur apporte des nouvelles de Janice.

— Allo ?

— Salut, Steve. Blake, à l'appareil.

D'un signe de tête, Steve indiqua à la jeune femme de ne pas s'éloigner.

— Alors, Blake, quoi de neuf?

— Je n'ai pas encore retrouvé Janice mais j'ai appris pas mal de choses à son sujet.

— Je t'écoute.

— Bien. Janice Gibson est la fille cadette d'un couple aisé mais très conservateur de Saint Louis. Elle a connu quelques problèmes au cours de son adolescence, mais rien de sérieux — une courte fugue, un vol dans un supermarché... A dix-huit ans, elle est entrée en fac mais, contre l'avis de ses parents, elle a abandonné ses études deux ans plus tard. C'est à ce moment-là — ou juste avant — qu'elle a rencontré un garçon du nom de Rick Walls.

Au ton de Blake, Steve n'eut aucun mal à deviner que Janice était mal tombée.

— C'est le père d'Audrey?

— Oui, malheureusement. Car ce gars-là n'est pas un cadeau. Non seulement il est caractériel, mais il a un problème d'alcool. Et lorsque les deux se mêlent, il devient carrément dangereux.

Steve fit la grimace.

— Dangereux pour Janice?

— Pour quiconque se met en travers de son chemin. J'ai parlé à une jeune femme qui a connu Janice l'an dernier et qui m'a dévoilé que Janice avait tenté de quitter Walls à plusieurs reprises. Il a toujours réussi à la récupérer, sans doute en la menaçant. Voilà six mois, elle a disparu mais il n'a jamais cessé de la chercher.

— Elle a dû s'enfuir en se rendant compte qu'elle était enceinte.

— Probablement.

— Mais pourquoi ne s'est-elle pas réfugiée dans sa famille?

— Ses parents l'ont rejetée quand elle a commencé à

vivre avec Walls malgré leurs conseils. Je pense donc qu'elle n'a pas osé se présenter devant eux alors qu'elle portait le bébé de ce type.

— Et la police ?

— Janice a porté plainte plusieurs fois contre Walls l'année où elle l'a rencontré. Rien n'a jamais été fait et, finalement, elle a retiré ses plaintes. Dieu seul sait de quoi il l'a menacée si elle les maintenait ! Et crois-en mon expérience, j'ai vu assez de cas de violence domestique pour savoir que la femme, très souvent, a l'impression de n'avoir aucun recours.

— Alors à ton avis, Blake, pourquoi Janice a-t-elle pris la fuite en me laissant Audrey ?

— Je pense que Walter Park l'a contactée. Il travaille pour Walls, et je crois d'ailleurs que c'est l'un de ces deux hommes qui a filé Carla, hier soir, puisque Walls est actuellement en ville. Quoi qu'il en soit, si Janice s'est dit que son ex-compagnon l'avait repérée, elle a dû paniquer, te laisser le bébé pour sa sécurité et partir se cacher.

— Mais si Park travaille pour Walls, pour qui travaille donc Claybrook ?

— Pour la famille Gibson. La jeune femme à qui j'ai parlé — celle qui m'a raconté l'histoire de Janice et de Walls — a prévenu les parents de Janice que leur fille avait disparu. Elle savait que cette dernière était enceinte, ce que Walls ignorait certainement à ce moment-là, et elle a voulu que les parents soient placés devant leurs responsabilités.

— Comment ont-ils réagi ?

— Ils ont embauché Claybrook, se borna à répondre Blake.

— Mais Janice a peut-être profité du week-end pour contacter elle-même ses parents ?

— Non. J'ai eu sa mère au bout du fil. Elle ignore vraiment où se trouve Janice.

— Et toi, est-ce que tu as ta petite idée ?

— J'ai une ou deux pistes. Je la trouverai.

— En tout cas, chapeau! Tu as appris des tas de choses en un rien de temps.

Blake eut un petit rire.

— C'est mon boulot, Steve. Je te rappellerai dès que j'en saurai plus. En attendant, dis-moi comment va Audrey.

— Audrey se porte comme un charme, répondit-il en embrassant le bébé sur le front.

— Et Carla?

— Carla est en grande forme.

Il décocha un clin d'œil à la jeune femme et fut ravi de la voir rougir.

— Parfait. Eh bien, embrasse-les toutes les deux pour moi.

— Tu peux y compter!

— J'ai comme l'impression que ce ne sera pas une corvée. Est-ce que je me trompe?

Steve partit d'un rire léger.

— Pas vraiment, non!

Lorsqu'il raccrocha, Carla bouillait purement et simplement d'impatience.

— Alors? Est-ce que Blake a retrouvé Janice?

— Pas encore. Mais, maintenant, nous savons au moins pourquoi elle se cache.

Le dîner terminé, Carla annonça qu'elle allait rentrer.

— J'ai du travail qui m'attend chez moi. Demain, si je garde Audrey, je n'aurai pas l'occasion de le faire.

— J'espérais que tu dormirais ici, regretta Steve. Nous n'avons même pas pris le temps de parler de nous.

Ils avaient pourtant passé la soirée à discuter, mais de choses et d'autres. Ils avaient longuement commenté les diverses informations fournies par Blake, et Carla s'était évertuée à changer de sujet chaque fois que Steve avait voulu aborder leur propre relation. Quant à passer la nuit chez lui, c'était hors de question. Elle devait absolument s'en tenir à la résolution qu'elle avait prise.

— Tu t'en sortiras très bien sans moi, répondit-elle en prenant son sac. D'ailleurs, je ne t'ai pas du tout aidé, la nuit dernière.

— Mais ce n'est pas pour Audrey que je veux que tu restes ! C'est pour nous.

La jeune femme s'éclaircit la voix.

— Je dois vraiment y aller. Je serai là demain matin sans faute.

— Tu t'enfuis encore une fois ! murmura Steve. Quand vas-tu te décider à me faire confiance, Carla chérie ?

Parce qu'elle n'en savait rien, la jeune femme ne tenta même pas de répondre.

— Bonne nuit, Steve. Appelle-moi en cas de besoin.

— J'ai besoin de toi, Carla. Ne pars pas.

— Ou même si tu as des nouvelles de Janice.

Steve secoua la tête d'un air résigné.

— Je ne parviendrai pas à te faire changer d'avis, n'est-ce pas ?

— Non.

Elle posa la main sur la poignée de la porte.

— Très bien. Pour ce soir, je n'insisterai pas davantage. Cependant, Carla, je finirai par te convaincre de passer la nuit chez moi.

C'était bien possible, pensa la jeune femme en partant. Mais à chaque jour suffisait sa peine !

Lorsque Carla arriva chez elle après un trajet sans histoire, elle poussa un soupir de satisfaction. Aucun message ne l'attendait sur le répondeur et son appartement était calme et tranquille, douillet comme un nid. Un peu trop désert, peut-être, pour son humeur présente mais, au moins, on s'y sentait en sécurité.

Que pouvait-elle rêver de mieux ?

Exténuée, la jeune femme alla se coucher, mais elle dormit peu. Elle se réveilla, en effet, à plusieurs reprises, convaincue d'avoir entendu un bébé pleurer, prête à se lever pour changer Audrey ou lui donner son biberon.

Mais Audrey n'était pas chez elle.

Une fois, elle ouvrit les yeux dans l'obscurité et tâtonna à côté d'elle comme si elle espérait y trouver quelqu'un. Lorsqu'elle prit conscience qu'elle sortait d'un rêve où Steve tenait le rôle du héros, elle se tourna sur le côté d'un mouvement brusque en se traitant d'idiote. Ce n'était pas de cette manière qu'elle parviendrait à s'ôter Steve Lockhart de la tête !

Mais comment contrôler ses rêves ?

Carla se tourna de l'autre côté et s'enfonça sous les couvertures, résolue à ne plus se réveiller avant le matin. Elle ferma les yeux et ordonna au sommeil de venir la prendre. Elle se prouverait qu'elle pouvait aussi bien effacer Steve de ses rêves que de sa vie.

Restait à espérer, pensa-t-elle, déjà somnolente, qu'elle parviendrait aussi à l'extirper de son cœur.

11.

Carla se sentait relativement satisfaite d'elle-même. Depuis un bon quart d'heure qu'elle était chez Steve, elle avait réussi à éviter toutes les tentatives de ce dernier pour l'embrasser ou la caresser. Il ne lui restait plus qu'un problème à résoudre — mais de taille : convaincre le maître de maison qu'il n'avait plus qu'à partir !

— Tu es sûre que tu t'en sortiras avec Audrey ? demanda-t-il pour la dixième fois.

— Je croyais avoir déjà prouvé mes compétences en la matière ! Maintenant, va-t'en avant que je change d'avis. Cela te ferait les pieds de devoir t'occuper à la fois d'Audrey et de ton entreprise boiteuse !

— Comment ça, boiteuse ? rétorqua-t-il avec un regard amusé. Tu oserais répéter ça ?

— Tu m'as entendu, Lockhart. A présent, va-t'en, disparais de ma vue, déguerpis ! Et surtout, ne t'avise pas de poser tes pattes griffues sur mes clients !

— Tu l'auras voulu !

Vif comme l'éclair, il attrapa Carla par surprise et l'embrassa avec une fougue qui la laissa pantelante. Quand il l'abandonna, ses yeux brillaient et un sourire triomphant fendait son visage.

— Je suis fou de toi, Carla Jansen, maintenant et à jamais !

Mais pourquoi avait-il fallu qu'il l'embrasse ? s'affligea la jeune femme. Jusqu'à ce qu'il le fasse, elle avait eu l'impression de maîtriser la situation et voilà qu'un simple baiser et quelques mots gentils avaient fait voler en éclats son sentiment de satisfaction.

Elle chercha vainement une remarque cinglante à lui jeter à la figure.

— Va-t'en, finit-elle par implorer.

Steve lui décocha un clin d'œil.

— Je pars, Carla chérie. Mais je reviendrai !

Elle claqua la porte dans son dos, donna un tour de verrou et appuya le front contre le panneau de chêne. Que lui avait-il dit ? Qu'il était fou d'elle maintenant et à jamais ? En définitive, pensa-t-elle avec un soupir d'abandon, elle devrait peut-être reconsidérer la décision qu'elle avait prise. Il était possible, après tout, qu'ils réussissent à faire un bout de voyage ensemble...

La jeune femme tapa soudain du poing sur la porte et se retourna en marmonnant.

— Jansen, ma fille, tu es une idiote !

A ce moment-là, Audrey se mit à vagir dans la pièce voisine. Soulagée d'avoir trouvé une occupation, Carla se dépêcha d'aller la prendre.

Deux heures plus tard, Audrey ne s'était toujours pas calmée. Elle pleurait quand on la tenait, elle hurlait quand on la couchait... Pourtant, elle ne voulait pas de son biberon et sa couche était propre.

La jeune femme ne savait plus à quel saint se vouer. Le bébé n'avait pas de fièvre mais elle se doutait que quelque chose n'allait pas. Qu'un nouveau-né pleure si longtemps et avec tant de force ne pouvait pas être normal.

Elle allait s'avouer vaincue et appeler Steve à la rescousse quand son portable se mit à sonner. Sur un soupir de lassitude, elle fit passer Audrey sur son bras gauche et ouvrit le téléphone.

— Allo ?

— Mademoiselle Jansen ? Pamela à l'appareil. Je vous appelle pour... Mais c'est un bébé que j'entends pleurer !

154

— Oui. Dites-moi, Pamela, je sais que vous avez des enfants. Est-ce que ce genre de pleurs vous semblent normaux?

Carla tint le téléphone devant Audrey pendant quelques secondes.

— Voilà, reprit-elle. Elle fait ça depuis plus de deux heures.

— Quel âge a-t-elle?

— Environ une semaine.

— Alors, il n'y a sûrement pas de quoi s'inquiéter. A cet âge, les bébés ont souvent des coliques, surtout ceux qui prennent du lait maternisé. Et parfois, ils ont même des crises de pleurs sans raison apparente. Euh... Lorsque les miens me faisaient ça, je les installais sur le ventre en travers de mes jambes et je leur tapotais le dos. J'ignore pourquoi, mais ça ne marchait pas si mal.

— Je peux toujours essayer.

Carla plaça Audrey dans la position indiquée et se mit à lui tapoter doucement le dos. Le bébé continua de pleurer mais l'intensité de ses cris diminua de façon notable.

— Merci, Pamela. On dirait en effet que ça marche.

— Heureuse d'avoir pu vous aider.

Discrète selon son habitude, la secrétaire s'abstint de questionner Carla sur l'identité de ce bébé qui lui faisait manquer une journée de travail.

— Au fait, Pamela, pourquoi m'appelez-vous? Avez-vous des nouvelles de Jack Alexander?

— Eh bien, euh... oui, si l'on veut.

— Que voulez-vous dire?

— M. Alexander vient de signer avec Lockhart Air Service.

A ces mots, la jeune femme se figea. Seule la présence d'Audrey l'empêcha de hurler et elle dut se forcer à respirer à fond plusieurs fois pour contrôler sa voix.

— Vous en êtes sûre?

— Oui. Il vient de nous appeler personnellement pour nous informer de son choix.

Carla avait l'impression que le ciel lui tombait sur la tête. C'est au moment où elle commençait à avoir confiance en Steve que celui-ci la trahissait ! Mais c'était sa propre faute : il avait vraiment fallu qu'elle soit aveugle pour ne pas voir clair dans son jeu.

— Vous a-t-il donné la raison de cette décision ?

— Il a dit simplement qu'après avoir comparé les propositions des deux compagnies, il avait jeté son dévolu sur L.A.S.

— Mais c'est moi qui lui ai donné l'idée d'utiliser le transport aérien ! jeta Carla en grinçant des dents. Sans moi, il en serait resté au transport routier.

— Je suis navrée, mademoiselle Jansen.

Pamela ne savait manifestement pas quoi dire d'autre.

— Si seulement j'étais venue au bureau, ce matin, si j'avais pu lui parler avant qu'il prenne sa décision finale !...

La jeune femme était atterrée de cette défection. Elle avait compté sur Alexander pour tirer enfin du rouge les comptes de J.C.S. et couronner ainsi son travail d'une année.

— Je ne pense pas que vous auriez pu le faire changer d'avis, voulut la consoler Pamela. Il avait l'air très déterminé.

— J'ai vu Alexander jeudi, marmonna Carla, davantage pour elle-même que pour sa secrétaire. Il était pratiquement prêt à signer avec nous. Lockhart a dû le contacter après.

Steve devait bien rire ! pensa-t-elle amèrement. Au cours d'un seul week-end, il avait réussi à séduire à la fois sa concurrente et Jack Alexander !

— Mais comment était-il au courant ? s'interrogea-t-elle sur le même ton. Je ne lui ai jamais parlé d'Alexander. A moins que...

Elle se souvint de la paperasse qu'elle avait amenée chez Steve le samedi matin. Dans sa mallette, il y avait aussi le double de certains documents qu'elle avait adressés à Jack Alexander, dont une proposition chiffrée. Devait-elle penser que Steve...

— S'il a osé fouiller dans mes papiers, je le tuerai ! grogna-t-elle d'un ton furieux.

— Je vous demande pardon ?

— Ce n'est rien, Pamela. Y a-t-il autre chose ?

— Non, mademoiselle Jansen.

— Bien. Je vous remercie de votre appel. Ah, au fait, Pamela...

— Oui ?

— Euh... non, rien. Au revoir.

Carla allait demander à la secrétaire de l'appeler dorénavant par son prénom quand elle avait pris conscience qu'elle s'apprêtait ainsi à copier les méthodes de gestion de Steve. Or, il n'en était plus question. Ce qui avait marché pour son grand-père et pour son père marcherait aussi pour elle !

Sauf si ce maudit Lockhart finissait par la mettre à la rue.

De retour de Springfield où il avait emmené une équipe d'experts-comptables, Steve entra dans le bureau au moment où Madelyn s'apprêtait à raccrocher le téléphone.

— Une seconde, le voilà ! jeta-t-elle dans le combiné.

Puis, après avoir mis la ligne en attente, elle s'adressa à son patron.

— Mlle Jansen. Elle veut te parler immédiatement.

Steve la considéra d'un œil subitement inquiet.

— Il y a un problème. Est-il arrivé quelque chose au bébé ?

— Je lui ai posé la question mais elle m'a assuré que le bébé allait bien. En fait, elle veut te parler boutique, Steve. Et je crois qu'elle est très énervée.

— Carla a toujours l'air très énervée quand il s'agit de parler affaires.

Steve était convaincu que cette attitude négative provenait du manque d'enthousiasme de la jeune femme pour ce métier, dans lequel elle ne s'était engagée que pour complaire à son père. Comment s'épanouir dans une situation pareille ? Cela lui faisait d'autant plus mal au cœur qu'il n'aspirait qu'au bonheur de Carla.

Il entra dans son bureau, en referma la porte et alla décrocher le combiné.

— Carla ? lança-t-il d'un ton délibérément enjoué. Comment ça va ? Audrey est couchée ?

— Oui, elle dort. Mais elle a pleuré pendant plus de deux heures d'affilée, ce matin.

Le ton sur lequel elle avait jeté cette phrase avait la chaleur d'un iceberg. Steve se dit que la jeune femme avait dû passer une sale matinée.

— Es-tu sûre qu'elle n'est pas malade ? Veux-tu que j'appelle un médecin ?

— Non, ce n'est pas la peine. Je crois qu'elle a eu des coliques mais ça s'est arrangé. Quand comptes-tu rentrer ?

Le changement brutal de sujet fit tiquer Steve.

— Voyons... A l'heure habituelle, je pense. Vers 17 heures. Pourquoi ?

— J'aimerais que tu prennes le relais dès que possible. Il n'y a pas que toi qui aies du travail... Au fait, pour demain, tu devras t'arranger autrement. Il vaut mieux que je ne m'absente pas trop du bureau.

Pourquoi cette agressivité ? se demanda Steve. Quelque chose paraissait perturber Carla, mais quoi ? Il devait essayer de lui tirer les vers du nez.

— Euh... Pour quelle raison dis-tu cela ? Y a-t-il eu un problème en ton absence ?

— Apparemment, déclara-t-elle d'une voix coupante, le dévouement dont j'ai fait preuve m'a coûté un client potentiel de premier ordre. Il semble bien, en effet, qu'il ait traité avec la concurrence.

Steve fit la grimace. Etant son unique concurrent, il comprenait mieux, à présent, l'attitude de la jeune femme.

— Et, euh... peut-on savoir de qui il s'agit?

— Jack Alexander.

— Alexander? répéta Steve, frappé de surprise. Mais je n'avais aucune idée...

— Comment as-tu pu me faire ça, Steve?

Sa voix n'était plus de glace mais de feu.

— J'ai passé tout le week-end à m'occuper du bébé avec toi, poursuivit-elle d'un ton furieux — j'ai même jeté ma méfiance aux orties pour te permettre d'aller travailler — et voilà comment tu me remercies! Tu as dû bien rire de mon ingénuité!

— Carla...

— Je t'ai fait confiance. J'ai cru qu'il y avait un accord tacite entre nous pour abandonner toute rivalité le temps que cette affaire soit réglée. Je n'aurais jamais imaginé que tu oses te servir d'Audrey comme marchepied.

— Allons, Carla, tu ne crois pas ce que tu dis!

— Inutile de mentir! fulmina-t-elle. J'ai passé des mois à convaincre Alexander des mérites du transport aérien. Je l'ai invité dans les meilleurs restaurants de la ville, j'ai travaillé pendant des heures et des heures sur les propositions que je lui ai présentées. Et tu profites du moment où je te rends service pour avancer tes pions et me le voler! Dieu sait ce que tu lui as promis — ou de quelle honteuse manière tu t'es procuré mes chiffres pour lui proposer moins cher!

— Holà! pas si vite...

— En tout cas, Lockhart, inutile de me redemander un service. Et dis-toi bien que la guerre ne fait que commencer!

Sur ce, elle raccrocha si violemment que les oreilles de Steve en bourdonnèrent.

— Bon sang, Carla ! protesta-t-il auprès du combiné Tu aurais pu me laisser une chance de m'expliquer !

Mais cela n'allait pas en rester là ! Steve raccrocha à son tour et sortit de son bureau d'un pas décidé.

— Madelyn, je ne serai pas là cet après-midi. Sois gentille de reporter mes rendez-vous.

La secrétaire cilla un peu devant la tâche qui l'attendait mais ne parut pas autrement étonnée.

— Bonne chance, Steve, lui lança-t-elle alors qu'il était déjà dans le couloir.

— Merci, Madelyn. J'en aurai bien besoin !

Carla allait se rendre compte qu'il n'avait pas l'intention de la laisser filer aussi facilement maintenant qu'ils s'étaient enfin trouvés.

Vingt minutes après qu'elle eut raccroché, la fureur de Carla n'était pas retombée. Seule la présence d'Audrey — qui s'était réveillée quand elle avait plaqué le combiné sur son support — obligeait la jeune femme à faire son possible pour se maîtriser.

— Je veux que tu saches, expliqua-t-elle à la minuscule fillette, que tu n'es pour rien dans cette histoire. Tu es une enfant adorable et tu ne mérites rien de ce qui t'es arrivé ces trois derniers jours. Si je pouvais t'emmener chez moi, je le ferais, mais je n'ai personne pour te garder pendant que je travaille. Et, crois-moi, il faut absolument que je retourne au bureau.

Douillettement installée dans ses bras, Audrey avait l'air de comprendre et, même, de s'apitoyer sur le sort de Carla. La jeune femme relâcha un peu de la tension qui l'habitait en soupirant lourdement.

— Bon, je crois que tu ne me reverras plus mais je ne veux pas que tu t'inquiètes. Steve fera tout ce qu'il faut pour que tu ne manques de rien. Ne lui fais jamais confiance en affaires, mais s'il s'agit de ta sécurité et de ton bien-être, tu peux t'en remettre à lui.

160

En repensant à la façon dont il l'avait trahie, Carla sentit sa gorge se serrer. Mais elle ne pleurerait pas, ce n'était pas son style. Quand Steve arriverait, elle lui tendrait le bébé, lui lancerait un mot d'adieu et partirait tête haute. Elle ne lui donnerait pas le plaisir de la voir perdre son sang-froid ou de s'effondrer en larmes devant lui.

Pour cela, elle attendrait d'être chez elle.

Un bruit de pas sur les marches du perron tira Carla de ses sombres pensées. Ainsi, son coup de fil avait déjà une conséquence : Steve avait tout laissé tomber pour se précipiter chez lui ! Mais dans quel but ? Voulait-il poursuivre leur dispute ou bien s'excuser pour qu'elle continue à l'aider ? Dans un cas comme dans l'autre, il allait se casser les dents.

Il tapa trois coups secs au battant. En plus, il avait oublié ses clés ! Sentant renaître sa colère, Carla changea le bébé de bras et ouvrit la porte à la volée.

— Je ne t'attendais pas si tôt mais puisque...

Sa voix mourut d'un coup quand elle se rendit compte que ce n'était pas Steve qui se tenait sur le perron. C'était un homme jeune, d'environ vingt-cinq ans, aux cheveux blonds et aux yeux gris, au menton lourd et aux lèvres boudeuses.

— Où est-elle ? Où est Janice ? demanda-t-il d'un ton menaçant.

Carla comprit aussitôt qu'il s'agissait du père d'Audrey, ce Walls dont avait parlé Blake. Par bonheur, le bébé qu'elle tenait ne semblait pas l'intéresser.

— J'ignore où se trouve Janice mais je sais qu'elle n'est pas ici.

— A d'autres ! Je suis sûr qu'elle se cache dans cette maison.

— Non, je vous ai dit qu'elle n'y était pas. A présent, vous m'excuserez mais...

Avant qu'elle ait pu lui claquer la porte à la figure, il avait avancé le pied pour la bloquer.

— Je sais qu'elle est là, bon sang ! Laissez-moi lui parler.

Et, l'écartant de l'épaule, il s'introduisit dans le couloir.

— Mais que faites-vous ? s'indigna Carla. Sortez d'ici immédiatement !

L'homme l'ignora superbement et se dirigea à grands pas vers les chambres.

— Janice ? appela-t-il en poussant une porte.

— Elle n'est pas là, vous dis-je ! Sortez ou je...

La jeune femme avait l'impression de parler à un mur. Walls passait de pièce en pièce, regardait même sous les lits et dans les armoires, sans lui prêter la moindre attention. Ce n'est que lorsqu'il eut fouillé la cuisine qu'il consentit enfin à se tourner vers Carla.

— Où est-elle ?

Elle lui décocha un regard lourd de mépris.

— Je vous ai déjà répondu. Mais même si je savais où elle était, je ne vous le dirais pas. Maintenant, je vous prie de déguerpir.

Une lueur mauvaise s'alluma dans les prunelles de l'homme.

— Très bien. Donnez-moi mon enfant et je m'en vais. Vous direz à Janice que si elle veut le revoir, elle n'a qu'à se montrer raisonnable.

Instinctivement, Carla serra Audrey plus fort.

— Il est hors de question que vous touchiez à ce bébé.

— Je ne vois pas comment vous pourriez m'en empêcher, railla-t-il.

— Vous n'y toucherez pas ! J'en suis responsable et il ne sortira pas de cette maison.

L'entêtement de Carla ne fit rien pour calmer Walls.

— Vous voulez peut-être que j'appelle la police ? persifla-t-il. Ou les services sociaux ? Ainsi, vous pourrez leur expliquer pourquoi vous vous octroyez le droit de priver un enfant de son père après que sa propre mère

162

l'a abandonné. A moins que vous vous imaginiez qu'on va vous le confier, à vous qui n'êtes qu'une étrangère? Ou à ce Lockhart qui n'a pas plus le droit que vous de se mêler de mes affaires!

Pendant un court instant, la menace de Walls ébranla Carla. Elle savait en effet très bien qu'elle n'avait aucun droit sur Audrey et qu'on lui reprocherait de l'avoir indûment gardée pendant trois jours. Elle se vit emmenée, menottes aux poignets, par des policiers pendant que la petite fille était confiée à des fonctionnaires de l'administration sociale. Mais elle reprit vite le contrôle de ses idées et affronta de nouveau l'intrus.

— Vous n'appellerez pas la police. Je suis sûre qu'il reste des traces des plaintes que Janice avait déposées contre vous. Et vous n'approcherez pas de ce bébé.

— Cela reste à voir! ricana-t-il en faisant un pas en avant.

Carla recula, le cœur battant à tout rompre. Elle pouvait s'enfuir, pensa-t-elle en un éclair. Derrière elle, la porte était restée ouverte et, en tenant étroitement Audrey, elle parviendrait sans doute à courir jusque dans la rue. Là, elle appellerait à l'aide.

— Donnez-moi mon enfant! exigea Walls.

La jeune femme pivota sur ses talons et se mit à courir.

Si ses cheveux avaient été moins longs, ou, même, rassemblés en chignon, elle serait certainement parvenue à s'enfuir. Mais, hélas, ils flottaient dans son dos. Elle en prit brusquement conscience lorsque, après la deuxième enjambée, elle fut stoppée dans son élan par une traction violente à la nuque, qui lui fit venir les larmes aux yeux et lui arracha un cri de douleur. Audrey, déjà perturbée par la situation, se mit à vagir de toute la force de ses petits poumons.

Walls força Carla à revenir vers lui en la tirant toujours par les cheveux.

— J'ai dit: donnez-moi cet enfant, répéta-t-il d'une voix menaçante. Sinon...

— Non! se révolta-t-elle en lui donnant des coups de pied dans les tibias. Enlevez vos sales pattes de mes cheveux, espèce de...

Quand elle le vit lever la main pour la frapper, la jeune femme serra les paupières et rentra la tête dans les épaules.

Mais le coup ne vint pas.

Il y eut un mouvement furtif derrière elle. Soudain, Walls s'envola à travers la pièce et alla s'écraser avec un bruit mat contre le mur du fond.

Elle se retourna. Steve était là, poings serrés, une envie de meurtre dans le regard.

— Tu voulais te battre? jeta-t-il à Walls. Alors, montre ce que tu vaux contre quelqu'un de ta taille.

Carla sentit ses nerfs se détendre. Elle se mit à bercer Audrey qui hurlait encore dans ses bras et l'embrassa doucement sur le front.

— Là! Là! murmura-t-elle d'une voix tendre. Tout va bien, maintenant. Steve est arrivé.

D'accord, elle était toujours furieuse contre son insupportable concurrent. Et, d'ailleurs, elle n'était pas près de lui renouveler sa confiance pour ce qui était des affaires! Cela étant, s'il y avait une chose dont Carla était sûre, c'était que Steve ne permettrait jamais que l'on touche à un cheveu du bébé — ni même à l'un des siens. Elle savait qu'il donnerait sa vie pour les défendre s'il le fallait. Mais elle pria, avec un frisson d'angoisse, que le destin ne leur fasse jamais ce coup-là.

12.

Steve détestait la violence. D'un naturel paisible, il préférait régler les conflits par la discussion plutôt que par les coups, et jamais, au grand jamais ! l'envie de tuer quelqu'un ne l'avait effleuré. Pourtant, lorsqu'il était entré dans la maison et qu'il avait vu cette crapule s'apprêter à frapper Carla, son sang n'avait fait qu'un tour. Aveugle de furie à l'idée qu'Audrey et la femme qu'il aimait étaient en danger, il n'avait même pas eu conscience de lancer son poing. Mais en se penchant sur l'homme qu'il venait d'assommer à moitié, il se promit avec une rage froide de se souvenir, pour s'en délecter, du prochain coup qu'il allait lui donner.

— Relève-toi ! ordonna-t-il.

— Steve, sois prudent !

La voix angoissée de la jeune femme lui fit revoir ses priorités.

— Carla, emmène le bébé dans un endroit sûr. Son siège est à côté du canapé.

— Non ! s'insurgea Walls.

Il se releva péniblement et essuya d'un geste rageur la traînée de sang qui maculait ses lèvres.

— C'est mon enfant, poursuivit-il d'un ton haineux. Vous n'avez pas le droit de me l'enlever.

— D'abord, railla Steve, tu n'as aucune preuve de ce que tu avances. Pour autant que tu le saches, ce bébé pourrait très bien être le mien. Mais, quoi qu'il en soit, je te déconseille d'essayer d'y toucher.

Walls, l'air furieux, fit un pas vers le jeune homme mais s'arrêta net quand il le vit se mettre en garde.

— Allons, approche si tu l'oses ! le défia Steve.

Pendant quelques secondes, Walls hésita. Steve se prit à espérer qu'il allait se laisser tenter, pour le simple plaisir de pouvoir lui casser la figure. Mais, finalement, la crapule préféra éviter le combat.

Une voix s'éleva alors par-dessus les pleurs du bébé.

— Sage décision, mon garçon !

Steve tourna vivement la tête vers la porte demeurée ouverte. Appuyé au chambranle, l'air décontracté parmi tout ce chaos, Blake lui souriait paisiblement. Cependant, le maître de maison ne s'y trompa pas : s'il avait besoin d'aide pour se débarrasser de Walls, son ami ferait preuve d'une efficacité redoutable.

— Qui diable êtes-vous ? grogna le vaurien en regardant s'approcher le nouveau venu.

— On m'appelle Blake. Je suis détective privé et si toi tu ne me connais pas, je te connais beaucoup mieux, moi, que tu ne peux l'imaginer. Je te conseille donc de filer avant que je me serve de ce que je sais.

Visiblement impressionné, Walls se borna à grincer des dents.

— D'accord, je m'en vais. Mais vous pouvez prévenir Janice qu'elle ne perd rien pour attendre !

— Non, rétorqua Blake, tu vas la laisser tranquille et je vais t'expliquer pourquoi. Parmi les choses que j'ai apprises sur toi, plusieurs vont t'intéresser. D'abord, tu es en liberté conditionnelle pour les divers méfaits que tu as commis. Ensuite, la justice t'a déjà ordonné de ne pas t'approcher de Janice. Or, c'est précisément ce que tu cherches à faire, et cela suffit pour que tu te retrouves en prison. J'ai discuté avec Janice. Elle ne veut pas t'accabler pour l'instant mais nous avons élaboré un plan qui t'empêchera de leur nuire — à elle et au bébé — s'il te prenait l'envie saugrenue d'essayer. Voilà pourquoi tu ferais mieux de passer ton chemin et de prendre un nouveau départ dans la vie.

— Vous n'avez pas à me dicter ma conduite! lança Walls d'une voix tremblant de frustration.

Blake haussa les épaules.

— Ce n'était qu'une suggestion. Cela dit, il se trouve que j'ai quelques amis dans l'administration judiciaire du Missouri. Deux ou trois coups de fil de ma part et tu retournes derrière les barreaux avant d'avoir compris ce qui t'arrive. Comme je ne pense pas que la perspective te ravisse, je ne saurais trop te recommander d'aller te faire pendre ailleurs.

— Pour noircir encore le tableau, intervint Steve, il se pourrait que je porte plainte pour violation de domicile et voies de fait sur mon amie ici présente.

Tout en menaçant Walls, Steve s'était approché de Carla. Parvenu près d'elle, il lui glissa la main dans les cheveux et entreprit de lui masser la nuque avec douceur.

— Est-ce que ça va? murmura-t-il.

Audrey, tendrement bercée, s'arrêta soudain de pleurer.

— Oui, ça va. Mais, je t'en prie, mets ce sale type à la porte.

— Avec plaisir.

Il se tourna vers Walls et lui montra la sortie.

— Débarrasse-moi le plancher et estime-toi heureux de t'en tirer à si bon compte. Mais si tu t'avises encore d'importuner Janice, son bébé ou Carla, tu auras affaire à moi.

— Ainsi qu'à moi, ajouta Blake.

A ce moment-là, la silhouette massive de Frank Claybrook s'encadra dans l'embrasure de la porte d'entrée.

— Je crois pouvoir affirmer que certains membres de la famille Gibson ajouteraient volontiers leur nom à cette courte liste, déclara-t-il. En particulier les deux frères de Janice, qui ont appris avec indignation la façon dont M. Walls la traitait. J'ai surpris de vagues menaces de vengeance... rien de très précis mais, à votre place, Walls, je les fuirais comme la peste!

Steve contemplait l'ancien boxeur, bouche bée, se demandant combien de personnes supplémentaires allaient s'inviter chez lui. Il se promit de fermer la porte dès qu'il aurait expulsé Walls.

Avant de partir, ce dernier tenta une ultime provocation.

— Quoi que vous disiez, vous ne pourrez pas m'empêcher de voir ma fille !

— La réponse à cette question appartient aux tribunaux, affirma Steve. Mais n'espère pas décrocher un droit de visite, Walls. A moins que tu puisses te payer les services du meilleur avocat de l'Etat, et encore...

Walls s'en alla en marmonnant des obscénités. Blake devança Steve et claqua la porte dans le dos du vaurien.

— Eh bien, lança-t-il en se retournant, voilà qui était cocasse !

Carla lui jeta un regard indigné. Manifestement, la scène qui venait de se dérouler n'avait pas été cocasse pour tout le monde ! Dans ses bras, Audrey s'était mise à sucer son poing, comme si cela la rassurait.

La jeune femme s'adressa à Steve, qui la contemplait d'un air pensif.

— Est-ce que tu étais sérieux quand tu parlais de droit de visite ? Avec un bon avocat, Walls aurait-il des chances de revoir Audrey ?

Ce fut Blake qui répondit.

— Ne vous inquiétez pas. J'ai jeté un œil sur le casier judiciaire de ce type et je peux vous assurer qu'aucun juge ne lui permettrait de s'approcher d'un enfant, fût-il le sien.

— Et Janice ? s'inquiéta Carla. Est-il vrai que vous lui avez parlé ?

Pour toute réponse, Blake alla ouvrir la porte de la cuisine.

— Il est parti, Janice. Vous pouvez venir sans crainte.

Quand Janice entra dans la pièce, la mâchoire de Steve lui en tomba de stupéfaction. Mais il fut rassuré de s'apercevoir que Carla, près de lui, arborait à peu près le même air ahuri.

— Janice ! s'exclama-t-il en marchant à la rencontre de la frêle et pâle jeune femme qui venait d'apparaître. Je suis heureux de vous voir saine et sauve.

Elle le regarda, les yeux emplis de larmes.

— Je suis désolée de vous avoir entraîné dans cette affaire, dit-elle d'un voix nouée par l'émotion. Je ne savais vraiment pas vers qui me tourner. Quand ce Park est venu me voir, à la maternité, et qu'il m'a dit que Rick nous attendait, Audrey et moi, j'ai paniqué. J'étais certaine que Rick ferait du mal à mon bébé. Lorsqu'il boit, il est incapable de maîtriser sa violence. Alors, je me suis dit qu'il fallait que je laisse Audrey dans un endroit sûr et que je fuie en espérant qu'il se lance à ma poursuite. Je comptais revenir au bout de quelques jours et emmener ma fille le plus loin possible, dans un endroit où il ne nous aurait jamais retrouvées. Mais ça n'a pas tourné tout à fait comme je pensais. Je regrette.

Steve posa une main protectrice sur l'épaule de Janice. Elle était si maigre qu'il pouvait sentir les clavicules sous le tissu du T-shirt. Il remarqua alors qu'elle paraissait à bout de forces.

— Asseyez-vous donc avec Audrey dans le fauteuil à bascule, proposa-t-il. Je vais aller faire un peu de café et nous pourrons discuter.

Carla s'approcha, sourire aux lèvres.

— Cela me fait vraiment plaisir de vous revoir, Janice, assura-t-elle d'un ton chaleureux. Je sais combien Audrey vous a manqué.

Janice répondit à son sourire avec un peu de timidité.

— Blake m'a raconté ce que vous avez fait pour mon bébé. Je ne sais comment vous remercier, mademoiselle Jansen.

— Vous pouvez commencer par m'appeler Carla. Et c'est plutôt moi qui devrais vous remercier de m'avoir laissé Audrey le temps d'un week-end. Ce petit bout de chou est une pure merveille. Nous nous sommes entendues comme de vieilles amies.

Steve soupira intérieurement de félicité. S'il n'avait pas été, déjà, follement amoureux de Carla, elle l'aurait séduit à cet instant-là. Elle était si douce envers Janice, si compréhensive qu'il n'aurait pu échapper à son charme. Certes, Janice n'avait pas fait que des bons choix, mais ce n'était pas le moment de le lui rappeler. En ce moment précis, elle avait besoin d'affection, et Carla l'avait visiblement compris.

Janice contempla gauchement le bébé que lui tendait Carla.

— J'avoue que j'ai un peu peur de la prendre. Je suis sûre qu'elle m'a oubliée.

— Ne dites pas de bêtises ! Il n'y a que trois jours que vous êtes partie et je sais qu'Audrey reconnaîtra sa maman. Je vous la donnerai quand vous serez assise, ce sera plus simple pour vous.

Janice suivit ce conseil et, bientôt, Audrey était dans ses bras, la fixant d'un regard fasciné.

— Vous voyez ? sourit Carla. Elle sait très bien qui vous êtes... Bien ! poursuivit-elle en s'éloignant vers la cuisine. Je pense qu'elle ne va pas tarder à réclamer son biberon. Je vais en préparer un.

Steve, qui contemplait la scène, eut un sourire ému. En adoration devant son bébé, Janice n'avait manifestement pas entendu ce que disait Carla.

Lorsque cette dernière eut quitté la pièce, le maître de maison se tourna vers Blake, qui venait de s'entretenir avec Frank Claybrook.

— Alors, de quoi avez-vous parlé, tous les deux ?

— Janice a pris la décision de retourner vivre avec ses parents, à Saint Louis. Ils ont chargé Frank, ici présent, de lui dire qu'ils l'attendaient avec impatience. Ils ont hâte de connaître Audrey et ils veulent aider leur fille à repartir d'un bon pied.

— C'est exact, intervint Janice. Mes parents m'ont écrit une lettre dans laquelle ils me demandent de leur pardonner le mal qu'ils m'ont fait comme eux me l'ont pardonné. Ils promettent de me traiter en adulte si je reviens, et d'oublier le passé. Je crois sincèrement que, pour moi comme pour Audrey, c'est une bonne solution. Au moins, ma fille pourra faire la connaissance de ses grands-parents, ses oncles, ses tantes, ses cousins et ses cousines !

Steve l'approuva d'un mouvement de tête.

— Connaître sa famille est très important pour chacun de nous. Vous allez nous manquer, Janice, mais je crois que vous avez pris la bonne décision.

— Dans leur lettre, reprit Janice, mes parents s'engagent aussi à m'aider au cas où Rick continuerait de me harceler. Un de mes frères a un poste important dans la police de Saint Louis. Il a tenu à ajouter un mot pour me promettre son soutien.

— Vous allez vous retrouver très bien entourée, remarqua Blake. C'est une chance à ne pas laisser passer.

Il savait d'expérience qu'une femme ne parvenait pas toujours à se débarrasser d'un homme qui la maltraitait. D'ailleurs, bon nombre d'entre elles étaient mortes pour avoir essayé... Mais, dans le cas de Janice, les choses se présentaient bien : grâce à sa famille, elle serait moins vulnérable et Walls y réfléchirait à deux fois avant de la tourmenter de nouveau.

Carla revint avec le biberon au moment où Audrey commençait à le réclamer. Pour la première fois depuis une éternité de bébé, ce fut sa mère, manifestement émue, qui lui présenta la tétine.

— J'ai entendu ce que vous disiez de la cuisine, déclara Carla quand le bébé, après une seconde d'hésitation, se fut mis à téter. Je suis heureuse que vous ayez retrouvé votre famille, Janice. Tout va bien se passer, désormais.

— Merci, mademoi... euh, merci, Carla.

— Et quand comptez-vous retourner à Saint Louis ?

Claybrook s'avança pour expliquer qu'il était chargé d'escorter Janice jusque chez ses parents. Lui et la jeune

171

femme partiraient dès qu'il y aurait des places libres dans un vol pour Saint Louis.

— Je..., commença Carla.

— Vous plaisantez ! la coupa Steve, s'adressant à Janice. Je vais appeler Bart, mon pilote. Il vous emmènera cet après-midi.

— J'ai aussi un avion et son pilote disponibles, intervint vivement Carla. Je n'ai qu'un coup de fil à donner et...

Claybrook partit d'un petit rire et se tourna vers Janice.

— J'ai rarement l'occasion de voir des compagnies concurrentes se disputer pour offrir des sièges gratuits ! Vous devriez en profiter tant que ça dure !

— Je ne veux pas avoir à choisir entre vous, répondit Janice d'un air embarrassé. Décidez vous-mêmes, je vous en prie.

— En tout cas, reprit Claybrook, un vol privé est la solution idéale. Dites-moi seulement quand nous partons, que je puisse avertir la famille Gibson de notre arrivée.

Carla contempla Steve, une ombre de ressentiment dans le regard.

— C'est toi qui as parlé le premier, grommela-t-elle. Si Bart n'est pas disponible, dis-le-moi et j'appellerai un de mes pilotes.

Steve acquiesça d'un mouvement de tête, ennuyé d'avoir de nouveau contrarié la jeune femme. Il avait comme l'impression que leurs rapports étaient assez tendus, aujourd'hui.

Impatient de pouvoir s'expliquer seul à seul avec elle, il décida de hâter le mouvement de départ.

— Je vais appeler Bart, annonça-t-il en se dirigeant vers le téléphone.

— Pendant ce temps, dit Carla, je vais trouver un sac pour les affaires d'Audrey.

Elle se tourna vers Janice.

— Nous lui avons acheté quelques articles de première nécessité.

— C'est très gentil à vous, mais je tiens à vous les rembourser.

— Il n'en est pas question. Disons que c'est un cadeau d'adieu de la part de vos ex-patrons.

Les yeux de Janice s'emplirent une nouvelle fois de larmes.

— Merci. Merci à tous les deux. C'est grâce à vous qu'Audrey et moi nous sommes retrouvées si vite et nous ne sommes pas près de vous oublier.

Embarrassés de la reconnaissance que leur témoignait Janice, Steve et Carla marmonnèrent quelques mots appropriés et s'empressèrent d'aller accomplir les tâches qu'ils s'étaient fixées.

A l'heure de la séparation, Carla fit un effort pour retenir ses larmes. Bien qu'elle n'ait connu Audrey que le temps d'un week-end, ce petit bout de fillette lui manquait déjà.

— Sois bien sage avec ta maman, lui conseilla-t-elle en l'embrassant avec tendresse.

— Et laisse-la dormir un peu, cette nuit, ajouta Steve en se penchant à son tour sur le bébé. Je crois qu'elle a bien besoin de repos.

Lorsque la porte se fut refermée sur Janice, Audrey et Claybrook, Carla se passa une main lasse dans les cheveux, quelque peu désorientée par la rapidité avec laquelle s'était conclue cette histoire. Le matin même, Steve et elle se demandaient encore quand Audrey retrouverait sa maman. Et voilà qu'en moins d'une heure, celle-ci avait fait sa réapparition et qu'elle était repartie avec son bébé, sans se douter le moins du monde du chamboulement que son aventure avait provoqué dans la vie de Carla.

La voix de Steve fit revenir la jeune femme sur terre. Il était en train de s'adresser à Blake pour le remercier.

— ... et je te suis vraiment reconnaissant de t'être déplacé aussi vite, l'entendit-elle déclarer. Pour ce qui est de ton action sur le terrain, j'ignore comment tu as procédé pour retrouver Janice — et je ne pense pas que tu me le dirais si je te le demandais ! — mais je veux que tu saches...

Apparemment aussi gêné par la gratitude de Steve que ce dernier et Carla l'avaient été par celle de Janice, Blake mit un terme abrupt aux remerciements.

— Cela va bien, Steve. Je te dois bien plus qu'une enquête de rien du tout. Je n'ai pas oublié que tu m'as sauvé la vie, au Mexique.

Les yeux de Carla s'écarquillèrent.

— C'est vrai ? Tu lui as sauvé la vie ?

Steve toussota d'un air embarrassé.

— Oh, il exagère un peu.

— Absolument pas, protesta Blake. Si tu n'avais pas eu l'audace de te poser dans cette clairière, ceux qui me poursuivaient m'auraient achevé.

Il haussa légèrement les épaules avant de conclure :

— Mais ceci est une autre histoire... En tout cas, n'hésite pas à faire de nouveau appel à moi la prochaine fois que tu recueilleras un bébé abandonné.

Steve serra la main qu'il lui tendait avec effusion.

— Je compte bien te revoir avant ! rétorqua-t-il. Transmets mes amitiés à ton épouse, et mes félicitations pour le bébé à venir.

— Merci, déclara Blake. Et bonne chance dans tes entreprises.

En prononçant ces mots, il avait jeté un bref coup d'œil à Carla. Steve fit de même avant de répondre :

— Merci, Blake.

Le manège des deux hommes n'avait pas échappé à la jeune femme. En retour, elle décocha un regard noir à Steve pour qu'il comprenne bien que l'apparition de Janice n'était qu'un épisode et qu'elle n'avait pas oublié le coup bas qu'il lui avait porté.

Blake s'approcha d'elle, lui prit la main et y déposa un baiser.

— Ravi de vous avoir connue, madame! déclara-t-il pompeusement.

Il se pencha ensuite à son oreille et murmura, assez fort pour que Steve l'entende :

— Et ne faites pas souffrir mon copain, d'accord?

— Dès que vous serez parti, il va comprendre sa douleur! dit-elle sur le même ton.

Le détective éclata de rire.

— On dirait qu'il va y avoir de l'ambiance! Bonne chance, Steve.

Visiblement peu impressionné, ce dernier se borna à sourire.

Dès que Blake fut parti, Carla saisit la courroie de son sac à main.

— Maintenant que tout est réglé, je m'en vais. Je pourrai encore passer deux ou trois heures au bureau, cet après-midi.

— Il faut que nous parlions, affirma Steve.

— Nous n'avons plus rien à nous dire, répliqua Carla en évitant son regard. Janice et Audrey sont tirées d'affaire. Nous pouvons nous féliciter de la bonne action que nous avons faite mais, à présent, les vacances sont terminées. Il est temps que nous retournions à nos occupations respectives. Je vais essayer de mener ma barque pendant que tu feras tout pour la couler.

— Carla, je ne t'ai pas pris Jack Alexander.

— Vraiment? rétorqua-t-elle d'un air ironique. Donc, vous n'avez pas signé de contrat?

— Si, mais...

— C'est bien ce que je pensais, lança la jeune femme en se dirigeant vers la sortie.

En deux pas, Steve lui barra le chemin.

— Ecoute-moi, bon sang! Alexander est venu me trouver de lui-même voilà plus de deux semaines. Il m'a demandé de lui faire une proposition chiffrée pour un éventuel transport régulier de ses marchandises. Comment voulais-tu que je devine le travail que tu avais fait précédemment ? J'ai bien pensé qu'il te demanderait aussi de lui faire une offre, mais ça, c'est le jeu de la concurrence. En tout cas, je présume que j'étais moins cher que toi, puisqu'il a signé avec moi.

— Eh bien, c'est parfait. Je vous souhaite une liaison durable, à tous les deux. Maintenant, je voudrais que tu t'écartes pour que je puisse partir.

— Je souhaite d'abord que tu m'expliques pourquoi tu m'en veux à ce point. Faut-il vraiment que je refuse des clients pour te faire plaisir ? C'est comme ça que tu vois les choses ?

Carla hésita un instant. Elle se sentait piégée par les mots de Steve.

— Je ne sais pas comment je les vois, répondit-elle enfin. Ce que je sais, c'est que ça ne marchera jamais entre nous. Comment veux-tu que nous passions nos journées à nous détruire et que nous soyons...

— Amants, lui souffla-t-il quand il la vit chercher son mot.

— ... amants, répéta-t-elle à contrecœur, après les heures de bureau ?

— Nous trouverons une solution. Nous devons y réfléchir calmement, être ouverts à la discussion, et nous parviendrons à un compromis qui nous satisfera tous les deux. Tu sais qu'il y a suffisamment de travail potentiel, dans cette région, pour nos deux entreprises. Alors, allons de l'avant au lieu de nous disputer.

Carla secoua lentement la tête.

— Je ne peux pas, Steve. Chaque fois que tu me prendrais un client, je me sentirais trahie. J'admets que ce n'est pas une attitude très professionnelle, j'admets même qu'elle est infantile, mais c'est ainsi. Nous ne pouvons pas être à la fois amants et concurrents.

— Soyons donc amants, proposa-t-il calmement.

Elle le considéra d'un œil perplexe.

— Que veux-tu dire ?

— J'ai deux avions à céder à un bon prix ainsi, bien sûr, que leurs pilotes. Bart et moi serions ravis de faire partie de ton personnel. J'ai également une excellente assistante à te proposer. Embauche Madelyn et tu ne regretteras pas de l'avoir fait.

Carla cilla deux ou trois fois avant de hausser les épaules.

— Je ne te crois pas. Tu fais semblant de te montrer grand seigneur pour prouver je ne sais quoi, mais ça ne prend pas. Pour en revenir aux choses sérieuses...

— Il n'y a rien de plus sérieux que ce que je disais, insista Steve avec une évidente sincérité. Si L.A.S. est un obstacle insurmontable entre toi et moi, il suffit de s'en débarrasser. Je n'entends pas te perdre pour le seul plaisir de continuer à voir mon nom sur une plaque professionnelle.

Quand elle prit conscience que Steve ne mentait pas, Carla fut frappée de stupeur.

— Tu dois avoir perdu la raison ! parvint-elle à murmurer.

— Non. C'est mon cœur que j'ai perdu.

Son propre cœur battant la chamade, elle persista à refuser.

— Non, Steve. Tu as créé la compagnie que tu diriges et tu aimes trop ton travail actuel pour le laisser tomber sans dommage. C'est ta passion qui est en jeu. Tu m'as dit toi-même que L.A.S. était tout pour toi.

— C'est toi qui es tout pour moi. Tu es mon rêve et ma passion, Carla, et je t'aime. Quant à ce que je fais en ce moment, c'est un travail comme un autre — même si je prends, en effet, grand plaisir à le faire. Mais tant que je pourrai piloter et tant que tu seras là, je serai pleinement heureux.

Maintenant, la jeune femme secouait la tête de gauche à droite de façon mécanique. Elle se sentait saisie d'une sorte de panique qui lui serrait la gorge, l'empêchant presque de parler.

— Tu ne peux pas... tu ne dois pas..., balbutia-t-elle.

— Si, répliqua Steve d'un ton déterminé. Je peux et je dois le faire pour une seule et unique raison : je t'aime, Carla.

— Oh, seigneur !

— Bien entendu, je ne te demande pas une réponse immédiate ; je te laisse le temps de la réflexion. Dix minutes devraient suffire.

— Steve, ne...

— D'accord ! D'accord ! Disons vingt minutes. De toute façon, je ne pourrai pas me morfondre davantage. Il y a déjà trop longtemps que j'attends.

Carla se sentit prise d'un vertige.

— Tu... tu crois vraiment que tu m'aimes depuis des mois ?

— Je ne le crois pas, j'en suis sûr ! Bart et Madelyn aussi, d'ailleurs. Ils n'ont pas arrêté de me chambrer à ton sujet.

— Mais, Steve, tu me connais à peine !

— Détrompe-toi ! Je te connais mieux que tu ne te connais toi-même.

Sa voix était si chaude et si tendre, si cajoleuse, que Carla dut faire un effort pour ne pas tomber dans ses bras.

— Tu es tout ce dont je rêvais, poursuivit Steve. Ce week-end, chaque fois que notre petite invitée était dans tes bras, j'imaginais que c'était notre bébé que tu tenais. J'adore les enfants et j'ai cru remarquer qu'Audrey ne te laissait pas indifférente... Alors, quelle est ta réponse ? J'espère que tu ne vois pas d'inconvénient à être à la fois mon patron et ma femme ?

— Oh, mon Dieu ! gémit Carla.

Son état empirait de minute en minute. Elle avait l'impression que ses muscles n'étaient plus que du coton.

— Mais tu as dit que tu ne pourrais jamais travailler pour quelqu'un de mon genre, insista-t-elle.

— J'apprendrai. Bart aussi apprendra. Encore que je ne

puisse garantir qu'il acceptera de revêtir ces jolies chemisettes kaki que portent tes pilotes. Ce n'est pas vraiment son style... Cela dit, tu pourras toujours en discuter avec lui.

A cet instant, Carla se rendit compte avec stupeur que des larmes coulaient sur ses joues. Mais quoi de plus normal, après tout ? Steve venait de lui offrir de saborder cette entreprise qu'il avait créée de toutes pièces et qui, jusqu'à ce jour, était sa passion ! A elle qui dirigeait avec zèle mais sans enthousiasme la compagnie rêvée par son père et par son grand-père...

Elle secoua de nouveau la tête.

— Je ne peux pas. Je ne veux pas que tu laisses tomber L.A.S. Si j'acceptais, tu finirais par me haïr.

— Jamais.

— Ce n'est pas ce que tu dis aujourd'hui qui compte mais ce que tu ressentiras demain. Je sais que ça ne marchera pas et, donc, je ne le ferai pas.

— Alors, que dirais-tu d'un partenariat ? proposa Steve, sans doute encouragé par ce qu'il lisait dans le regard de Carla. Nous faisons une équipe formidable, toi et moi. Regarde de quelle brillante manière nous nous sommes tirés de ce week-end inattendu ! Avec ton génie de la gestion et mon goût pour les relations humaines, nous pourrions lancer une grosse affaire où nos talents respectifs seraient utilisés à fond. Qu'en penses-tu ? Jansen-Lockhart Charter Service. Associés à parts égales.

Jansen-Lockhart... Cela sonnait plutôt bien, se dit rêveusement la jeune femme. De plus, le nom de son père restait en tête...

— Cela pourrait peut-être marcher, murmura-t-elle.

— Sans aucun doute !

Steve lui caressa tendrement la joue. Son contact la fit frémir tout entière.

— Donne une chance à notre amour, Carla chérie. Tu ne le regretteras pas.

Elle posa sur lui un regard de nouveau brouillé par les larmes.

— Je ne voulais pas être amoureuse de toi, soupira-t-elle.

— Je sais. Et ça n'a pas été très sympa de ma part de te forcer à l'être.

— Et je n'avais pas confiance en toi.

— Non. Mais là, tu avais tort. Je n'ai jamais voulu te blesser délibérément.

— Mais tu me faisais peur !

Steve essuya une larme sur la joue de Carla.

— Oui, mais toi, tu m'as terrifié dès le premier regard que j'ai posé sur ton visage. J'ai senti mon cœur se gonfler d'amour et tomber à tes pieds. Un coup de foudre qui ne m'a pas laissé de répit depuis cet instant magique.

La bouche de Steve n'étaient qu'à deux doigts de la sienne quand Carla décida de céder.

— Je t'aime, Steve. Et je crois que je t'aime aussi depuis le premier jour. Sinon, pourquoi aurais-je lutté si fort contre cette attirance que j'avais pour toi ?

Lorsque ses lèvres se posèrent sur celles de Carla, Steve souriait. Mais son sourire s'effaça rapidement pour laisser place à une ferveur qui submergea la jeune femme. Elle noua alors les bras autour de son cou et se laissa enlever à son tour par une passion brûlante.

Au bout d'un long moment, Steve releva la tête.

— Alors ? demanda-t-il d'une voix émue. Quelle est ta décision ?

Carla hésita juste assez pour qu'il commence à s'inquiéter. Après tout, elle lui devait bien ça puisque c'était sa faute si elle était amoureuse ! Enfin, elle lui sourit avec tendresse.

— D'accord, déclara-t-elle simplement.

Il la serra si fort qu'il faillit l'étouffer, mais Carla ne s'en plaignit pas.

— A propos de ces chemisettes kaki..., murmura-t-il quelques heures plus tard.

Nue à son côté, Carla sourit et caressa Steve d'un regard comblé.

— Eh bien ?

— Je ne crois pas que Bart se laisse convaincre d'en porter une.

— S'il essayait, je suis sûre que cela lui plairait.

— N'y compte pas trop !

Elle poussa un soupir exagéré.

— Très bien. Nous pourrons faire une exception.

— Une seule ? Tu n'as pas dans l'idée de me faire mettre une de ces chemisettes, j'espère ?

La jeune femme partit d'un rire sensuel et se mit à griffer doucement la poitrine de Steve.

— Je ne sais pas. Personnellement, je les trouve assez sexy. Si tu en portais une, je crois que j'aimerais bien te l'enlever.

— Tout bien réfléchi, grogna-t-il alors, je pense me laisser tenter. A condition, bien entendu, que tu me laisses choisir tes vêtements !

Carla eut une vision de Lycra et de décolletés profonds qui la fit éclater de rire.

— Je refuse absolument ! s'exclama-t-elle.

— Tant pis. Au moins, j'aurai essayé, fit-il valoir, en capturant une main qui s'aventurait en territoire dangereux.

Il la porta à ses lèvres et y déposa un baiser.

— Carla ?

— Mmm ?

Il la dérangeait au moment où elle lui mordillait le lobe de l'oreille.

— A ton avis, comment ton père aurait-il réagi à notre relation ?

La jeune femme réfléchit un instant avant de hausser les épaules.

— Il l'aurait acceptée. Tu sais, il t'admirait à contre-cœur, mais il t'admirait quand même. Tu ne l'aurais pas inquiété autant s'il ne t'avait pas estimé à ta juste valeur.

— Si je comprends bien, tu es en paix avec son âme?

Carla leva la tête pour répondre à Steve les yeux dans les yeux.

— J'ai passé ma vie à essayer de lui plaire. Parfois, j'ai réussi et d'autres fois, non... Je l'aimais mais, aujourd'hui, il n'est plus là et il est grand temps que je tourne la page. Cela veut dire que j'ai l'intention, enfin, de suivre mes propres instincts et mes propres rêves. Ainsi, il se peut que je prenne plaisir à gérer Jansen-Lockhart Charter Service. Mais il est également possible que, à moyen terme, je passe la main pour faire autre chose. Nous verrons bien... En tout cas, je déciderai en fonction de mes envies, pas de celles de mon père.

— Quel que soit ton choix, je serai là pour te soutenir, murmura Steve. Je te crois capable de réussir n'importe laquelle de tes entreprises.

— Vraiment? Alors, si tu veux bien, voilà la première entreprise pour laquelle je souhaite ton soutien.

Elle lui chuchota quelques mots à l'oreille et Steve partit d'un rire un peu rauque.

— Pour cela, je t'accorde un appui sans retenue, assura-t-il. Boucle ta ceinture, Carla chérie. Nous n'allons pas tarder à décoller.

Et, l'accompagnant dans son rire, elle ouvrit les bras à son pilote préféré pour partir avec lui sur la piste d'envol.

Le nouveau visage
de la collection Or

◆

AMOURS D'AUJOURD'HUI

Afin de mieux exprimer sa modernité et de vous séduire encore davantage, votre collection Or a changé de couverture et de nom depuis le 1er mars 1995.

Rassurez-vous, les romans, eux, ne changent pas, et vous pourrez retrouver dans la collection **Amours d'Aujourd'hui** tous vos auteurs préférés.

Comme chaque mois, en effet, vous y attendent des héros d'aujourd'hui, aux prises avec des passions fortes et des situations difficiles...

**COLLECTION
AMOURS D'AUJOURD'HUI :**
Quand l'amour guérit des blessures de la vie...

Chère lectrice,

Vous nous êtes fidèle depuis longtemps?
Vous venez de faire notre connaissance?

C'est pour votre plaisir que nous avons
imaginé un rendez-vous chaque mois
avec vos auteurs préférés, vos
AUTEURS VEDETTE dans les
collections Azur et Horizon.

Les **AUTEURS VEDETTE** vous
donneront rendez-vous pour de
nouveaux livres vedette.

Pour les reconnaître, cherchez
l'étoile... Elle vous guidera!

Éditions Harlequin

HARLEQUIN

LE FORUM DES LECTEURS ET LECTRICES

CHERS(ES) LECTEURS ET LECTRICES,

VOUS NOUS ETES FIDÈLES DEPUIS LONGTEMPS?

VOUS VENEZ DE FAIRE NOTRE CONNAISSANCE?

SI VOUS AVEZ DES COMMENTAIRES, DES CRITIQUES À
FORMULER, DES SUGGESTIONS À OFFRIR, N'HÉSITEZ
PAS... ÉCRIVEZ-NOUS À:

      LES ENTERPRISES HARLEQUIN LTÉE.
      498 RUE ODILE
      FABREVILLE, LAVAL, QUÉBEC.
      H7R 5X1

C'EST AVEC VOS PRÉCIEUX COMMENTAIRES QUE NOUS
ALLONS POUVOIR MIEUX VOUS SERVIR.

DE PLUS, SI VOUS DÉSIREZ RECEVOIR UNE OU
PLUSIEURS DE VOS SÉRIES HARLEQUIN PRÉFÉRÉE(S)
À VOTRE DOMICILE, NE TARDEZ PAS À CONTACTER LE
SERVICE D'ABONNEMENT; EN APPELANT AU
(514) 875-4444 (RÉGION DE MONTRÉAL) OU 1-800-667-4444
(EXTÉRIEUR DE MONTRÉAL) OU TÉLÉCOPIEUR
(514) 523-4444 OU COURRIER ELECTRONIQUE:
AQCOURRIER@ABONNEMENT.QC.CA OU EN ÉCRIVANT À:

      ABONNEMENT QUÉBEC
      525 RUE LOUIS-PASTEUR
      BOUCHERVILLE, QUÉBEC
      J4B 8E7

MERCI, À L'AVANCE, DE VOTRE COOPÉRATION.

BONNE LECTURE.

HARLEQUIN.

VOTRE PASSEPORT POUR LE MONDE DE L'AMOUR.

COLLECTION
HORIZON

Des histoires d'amour romantiques qui
vous mènent au bout du monde!

Découvrez la passion et les vives
émotions qu'apportent à la Collection
Horizon des auteurs de renommée
internationale!

Captivantes, voire irrésistibles, ces
histoires d'amour vous iront
assurément droit au coeur.

Surveillez nos quatre nouveaux titres
chaque mois!

La COLLECTION AZUR

Offre une lecture rapide et

- ☑ stimulante
- ☑ poignante
- ☑ exotique
- ☑ contemporaine
- ☑ romantique
- ☑ passionnée
- ☑ sensationnelle!

COLLECTION AZUR . . . des histoires d'amour traditionnelles qui vous mènent au bout du monde! Six nouveaux titres chaque mois.

GEN-AZ

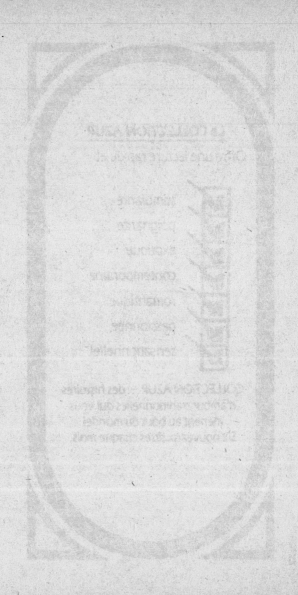

Composé sur le serveur d'EURONUMÉRIQUE, À MONTROUGE
PAR LES ÉDITIONS HARLEQUIN
Achevé d'imprimer en octobre 2001

BUSSIÈRE

GROUPE CPI

à Saint-Amand-Montrond (Cher)
Dépôt légal · novembre 2001
N° d'imprimeur · 15205 — N° d'éditeur · 9034

Imprimé en France